STAR WARS™

JEDI-PADAWAN

DIE EINZIGE ZEUGIN

Band 17

Jude Watson

Dino

Die Deutsche Bibliothek – CIP-Einheitsaufnahme

Ein Titeldatensatz für diese Publikation ist bei der Deutschen Bibliothek erhältlich.

Dieses Buch wurde auf chlorfreiem, umweltfreundlich hergestelltem Papier gedruckt.

In neuer Rechtschreibung.

Deutsche Ausgabe 2002 by Dino entertainment AG,
Rotebühlstraße 87, 70178 Stuttgart

Titel der amerikanischen Originalausgabe: „*Star Wars* Jedi Apprentice – The Only Witness"

Übersetzung: Dominik Kuhn
Redaktion: Mathias Ulinski, Holger Wiest
Chefredaktion: Jo Löffler
Umschlaggestaltung: TAB Werbung GmbH, Stuttgart,
basierend auf dem US-Cover von Cliff Nielsen
Satz: Greiner & Reichel, Köln
Druck: Ebner & Spiegel, Ulm
ISBN: 3-89748-550-8

Dino entertainment AG im Internet: www.dinoAG.de

Kapitel 1

Der Jedi-Meister Qui-Gon Jinn stieß einen tiefen Seufzer aus, als er den Korridor entlangging. Der Rat war der Meinung, er wäre zu lange nicht aktiv gewesen. Qui-Gon hatte das gewusst. Sie waren geduldig, weil er um seine verstorbene Freundin Tahl trauerte. Sie warteten, bis er bereit war, sein Leben als aktiver Jedi wieder aufzunehmen.

Doch er war nicht bereit. Und er war sich auch nicht sicher, ob er es jemals wieder sein würde.

Qui-Gon bog um eine Ecke und ging zum Ratssaal. Der Rat der Jedi hatte ihn gerufen, aber nicht gesagt, worum es ging. Vielleicht waren sie des Wartens müde. Vielleicht wollten sie ihn jetzt trotz allem auf eine Mission schicken.

Vielleicht ist es besser so, dachte Qui-Gon in dem Versuch, sich selbst zu überzeugen. In letzter Zeit hatte er sich von vielen Dingen überzeugen müssen, doch es war ihm nicht immer gelungen. *Zumindest ist es gut für Obi-Wan.*

Qui-Gons Padawan ging schweigend neben ihm her. Sein Gesicht war eine Maske vollkommener Ruhe, doch Qui-Gon wusste, was sich dahinter verbarg. Er spürte die wachsende Spannung zwischen ihm und seinem Padawan. Er spürte, dass Obi-Wan mit ihm reden wollte, obwohl er schwieg – was nicht typisch für ihn war.

Obwohl Qui-Gon und Obi-Wan während der letzten Wochen räumlich nie weit getrennt gewesen waren, hatte Qui-Gon seinen Padawan doch irgendwie allein gelassen. Er wünschte, er könnte Obi-Wan etwas sagen, das ihm Zuversicht gab. Doch die Weisheiten der Jedi erschienen ihm jetzt seltsam leer. Und leere Worte wollte er Obi-Wan nicht bieten.

Als Qui-Gon vor dem Ratssaal stehen blieb, drehte sich Obi-Wan zu seinem Meister um. Qui-Gon sah, dass er etwas sagen wollte, doch bevor er dazu kam, öffnete sich die Tür des Ratssaals.

Nur drei der zwölf Ratsstühle waren besetzt. Qui-Gon war nicht überrascht, nur so wenig Ratsmitglieder zu sehen. Er grüßte seine alten Freunde und stellte sich vor sie in die Mitte der vertrauten Runde aus Stühlen.

Yoda, Mace Windu und Plo Koon dankten den Jedi für ihr Kommen. Sie warfen einen kurzen Blick auf Obi-Wan und dann auf Qui-Gon. Sie waren offensichtlich besorgt.

Qui-Gon spürte, wie die Ratsmitglieder in sein tiefstes Innerstes blickten und herauszufinden versuchten, ob es die richtige Entscheidung war, ihn auf eine Mission zu schicken. Er stellte überrascht fest, dass er ihren Blicken nicht standhalten konnte. Ihr Mitgefühl befreite ihn nicht von seinen Sorgen, sondern erinnerte ihn nur an die gewaltige Last, die er trug.

Qui-Gon sah an den Meistern vorbei, zum Fenster hinaus auf die Skyline von Coruscant und versuchte, seine Gefühle zu beherrschen. Er fragte sich erneut, warum er nicht einfach die Flut der Gefühle, die in ihm wogte, durch sich hindurch fließen lassen konnte. Genau das hatte er von einigen hervorragenden Lehrern gelernt – ein paar davon saßen in diesem Augenblick vor ihm – und es hatte immer funktioniert. Doch jetzt funktionierte es nicht.

Obi-Wan scharrte leise mit den Füßen und Qui-Gon bemerkte, dass das Schweigen nun wohl zu lange gedauert hatte.

„Wir haben eine Anfrage von Senator Crote von Frego erhalten", sagte Mace Windu schließlich. „Er bat die Jedi um Hilfe beim Transport eines Zeugen nach Coruscant, der hier vor dem Senat aussagen soll."

Qui-Gon nickte. Einen Zeugen zu schützen, war für die Jedi Routine. Wie er es schon vermutet hatte, würde seine erste Mission einfach sein. Eine Ablenkung. Daher waren auch nur drei Ratsmitglieder hier.

„Eine einfache Aufgabe es nicht ist“, sagte Yoda, so als würde er Qui-Gons Gedanken beantworten. „Viel Gefahr auf Frego es gibt.“

Mace Windu schaute Qui-Gon noch immer ins Gesicht. „Wir würden Euch nicht schicken, wenn wir nicht der Meinung wären, dass Ihr dafür bereit seid. Fühlt Ihr Euch bereit, Qui-Gon?“

Qui-Gon wusste es nicht. Er hatte keinerlei Bedürfnis, den Tempel zu verlassen. Nicht einmal seine einfache Unterkunft. Aber Obi-Wan gegenüber wäre es nicht fair, wenn er für immer in Abgeschiedenheit lebte.

„Ich bin bereit“, gab Qui-Gon zurück. Er sagte es überzeugter, als er in Wirklichkeit war.

Qui-Gon spürte Obi-Wans Erleichterung wie einen Atemzug, den er lange angehalten hatte und jetzt endlich herausließ. Auch die Ratsmitglieder schienen sich nach Qui-Gons Antwort zu entspannen. Sie hörten auf, seine Gedanken erforschen zu wollen. Sie hatten die Antwort erhalten, auf die sie gewartet hatten. Qui-Gon hoffte, dass er die richtige Entscheidung getroffen hatte.

„Wie Yoda schon sagte, die Situation ist kompliziert“, erklärte Plo Koon. „Wir haben Jocasta Nu deshalb gebeten, Euch vor Eurem Aufbruch alle Informationen zu geben, die Ihr benötigt.“ Er deutete in Richtung des Tempelarchivs.

„Gehen du jetzt musst“, sagte Yoda bedeutungsvoll.

„Wir fürchten, dass die Gefahr für den Zeugen wächst", sagte Mace. „Je früher Ihr Frego erreicht, desto besser." Er verabschiedete Qui-Gon und Obi-Wan mit einem leichten Winken. „Möge die Macht mit Euch sein."

Qui-Gon nickte und ging langsam aus dem runden Raum, gefolgt von Obi-Wan. Trotz der warnenden Worte seiner Meister war er überzeugt, dass die Mission einfach werden würde ..., wenn er sich auf die Mission konzentrieren würde.

Jocasta Nu war eine dünne, zerbrechlich wirkende Jedi-Ritterin mit langen, grauen Haaren, die sie zu einem strengen Zopf zusammengebunden hatte. Als die Jedi hereinkamen, stand sie von ihrem Arbeitstisch auf. In einer geradezu vorbildlichen Zurschaustellung von Effizienz sammelte sie ein paar Unterlagen zusammen, deutete auf einen größeren Tisch und bat Qui-Gon und Obi-Wan, Platz zu nehmen.

„Mir wurde gesagt, dass die Zeit drängt", sagte Jocasta. Sie hielt sich nicht mit langen Einführungsreden auf, die nichts zur Sache taten. Qui-Gon hatte schon einmal mit der Archivarin des Tempels zu tun gehabt und Obi-Wan wusste auch, wer sie war. Sie versorgte viele Jedi-Teams mit Informationen, bevor diese auf Missionen gingen.

Qui-Gon hatte es vorgezogen, seine Informationen aus

anderen Quellen zu beziehen. Er hatte sich daran gewöhnt, mit Tahl zu arbeiten und so hatte er Jocasta nicht mehr oft gesehen, nachdem er vor vier Jahren Obi-Wan als Padawan angenommen hatte.

„Der Zeuge ist eine Frau. Lena Cobral." Jocasta zeigte ihnen ein Holobild einer schlanken, jungen Frau mit dunklen Haaren, die zu einem kunstvollen Zopf geflochten waren. „Sie ist die Witwe von Rutin Cobral."

Das Bild der jungen Frau verschwand und ein Mann erschien an ihrer Stelle. Er war jung, nicht allzu groß, hatte kurze braune Haare und lächelte entspannt. „Rutin wurde jüngst ermordet und sein Mörder ist noch immer auf freiem Fuß."

„Ist das ungewöhnlich?", fragte Qui-Gon. „Ich dachte, der Planet Frego würde von Kriminellen beherrscht."

Jocasta blickte leicht missbilligend drein, bevor sie fortfuhr. „Die Cobral-Familie hat die Macht auf Frego. Sie führen einen Verbrecherring, der seit zwanzig Jahren die Regierung kontrolliert. Rutins Vater starb vor ein paar Jahren eines natürlichen Todes. Alle nahmen an, dass Rutin als sein Nachfolger ausgebildet worden war, obwohl er zwei ältere Brüder hat. Solan ist der älteste und der neue Anführer der Cobrals."

Eine kleinere, gesetztere Version von Rutin erschien auf dem Schirm. Neben der Körpergröße fehlte Solan auch das dichte Haar und das ehrliche Lächeln. Er war beinahe kahlköpfig und sein Grinsen erschien wie eine Maske.

„Solan ist auf seinem Planeten sehr bekannt, wird überall gefürchtet und respektiert. Er erreicht das, was er will, durch Drohungen, Gewalt und Beziehungen."

Jetzt, da Jocasta ihre Informationen preisgegeben hatte, konnte sie auch Qui-Gons Frage beantworten.

„Es ist auf Frego nichts Außergewöhnliches, dass Mörder ungeschoren davonkommen. Aber es ist ungewöhnlich, dass ein geschätztes Mitglied der Cobral-Familie umgebracht wird – und vor allem, dass kein Racheakt folgt."

Obwohl Qui-Gons Gesichtsausdruck unverändert blieb, spürte er, wie eine erneute Welle des Schmerzes über ihn kam. Er sehnte sich mehr denn je nach Tahl – nach ihrem Zynismus, ihrer schnellen Auffassungsgabe und nach ihrer besonderen Art, Informationen so zu vermitteln, dass Qui-Gons Gedanken bereits in die richtige Richtung gelenkt wurden.

Qui-Gon rief sich wieder in Erinnerung, dass ihre Beziehung über die Jahre gewachsen war. Die Verbindung, die er mit Tahl gehabt hatte, würde er mit der Tempelarchivarin niemals haben.

„Lena heiratete vor drei Jahren in die Cobral-Familie ein", fuhr Jocasta fort. „Es gab ein Gerücht, dem zufolge Rutin mit den Machenschaften seiner Familie nichts mehr zu tun haben wollte. Obwohl er sich vom kriminellen Treiben nicht ohne weiteres abwenden konnte, hat Senator Crote uns wissen lassen, dass Rutin sich zu einer Aussage gegen seine Familie vor dem Senat entschlossen hatte. Er wollte den gesamten Verbrecherring zerschlagen. Kurz nach seiner Zustimmung zu dieser Aussage wurde er ermordet." Jocasta holte kurz Luft, ließ aber nicht mehr als eine Sekunde verstreichen, bevor sie fortfuhr.

„Gestern Abend erhielten wir eine geheime Kommunikation von Lena Cobral. Und von Senator Crote. Sie hat beschlossen, sich der Sache ihres verstorbenen Mannes anzunehmen und selbst gegen die Cobrals auszusagen." Jocasta schob ein Datapad mit mehreren Dokumenten über den Tisch zu den Jedi. „Hier findet Ihr alles, was Ihr braucht."

Qui-Gon stand auf und nahm das Datapad in die Hand. „Danke", sagte er knapp. „Wir werden gegebenenfalls Kontakt mit Euch aufnehmen, wenn wir noch mehr Informationen brauchen."

„Natürlich." Jocasta nickte. „Möge die Macht mit Euch sein."

Qui-Gon nickte automatisch. Wie konnte er darauf vertrauen, dass die Macht noch mit ihm war? Wo war die Macht gewesen, als er sie am nötigsten gebraucht hatte? Er und Tahl hatten sich ihre Liebe gestanden.

Aber nichts – weder die Liebe, noch die Jedi, noch die Macht – hatte sie retten können.

Qui-Gon und Obi-Wan brauchten nicht lange, um ihre Habseligkeiten für die kurze Reise zusammenzusammeln. Sie würden bald an Bord des Frachters gehen, der sie nach Frego bringen sollte.

Qui-Gon wollte sich, unruhig und erschöpft wie er war, sofort in sein Quartier zurückziehen, sobald sie an Bord waren. Er wollte das gerade Obi-Wan mitteilen, als sein Padawan das Wort ergriff.

„Meister", begann er, „ich weiß, dass die letzten Monate für Euch schwer waren." Er streckte die Hand zu Qui-Gons Schulter aus, ließ sie aber wieder sinken, noch bevor er den Ärmel der braunen Robe seines Meisters berührte. „Und ich ..., ich muss immer wieder daran denken, was Ihr mir gesagt habt, als Bant im Tempel vermisst wurde. Ihr sagtet damals, dass die dunkelste Zeit die ist, in der man dem Jedi-Kodex am treuesten folgen muss. Wenn Ihr Euren Gefühlen freien Lauf lasst ..."

„Danke, Obi-Wan", unterbrach Qui-Gon den gut gemeinten Rat. „Du hast sehr gut gelernt, was ich dir beigebracht habe. Eines Tages wirst du ein hervorragender Jedi-Meister sein." Er drehte sich um und ging schnell zu seiner Unterkunft. Er spürte, dass der Junge verdutzt hinter ihm stand. Qui-Gon wusste, dass sein Padawan nur versucht hatte, ihn aufzumuntern. Aber er ertrug es nicht, sich die Weisheiten anzuhören, die ihn jetzt so kläglich im Stich ließen. Er wollte einfach nur allein sein.

Kapitel 2

Obi-Wan beobachtete schweigend, wie der Planet Frego in einer der Sichtscheiben des Frachters größer und größer wurde. Qui-Gon war während der Reise nicht mehr aus seiner Unterkunft aufgetaucht. Obi-Wan wusste nicht, ob er ihn stören konnte – nicht einmal jetzt, da sie fast am Ziel ihrer Reise waren. Er hätte Qui-Gon gern so getröstet, wie sein Meister ihn oft getröstet hatte. Doch bei seinen wiederholten Versuchen zog sich Qui-Gon immer mehr zurück. Die Kluft zwischen ihnen schien immer größer zu werden und Obi-Wan war ratlos. Wie sollte er diese Kluft ohne die Hilfe seines Meisters überwinden?

„Das muss Frego sein."

Qui-Gons Stimme überraschte Obi-Wan und erfüllte ihn mit Erleichterung. Er musste seinen Meister nun doch nicht aus seinen Gedanken reißen.

„Und dieser leuchtende Fleck muss die Hauptstadt Rian sein", fügte Qui-Gon hinzu.

Obi-Wan bemerkte, dass Qui-Gon noch immer traurig und verstört war. Es war beinahe so, als würde er neben sich stehen. Aber wenigstens sprach Qui-Gon. Er gab sich Mühe.

Als sie den Transporter schließlich verließen, wurde Obi-Wan plötzlich etwas klar. Er würde diese Mission leiten müssen. Er würde sich nicht auf seinen Meister verlassen können, der emotional so angeschlagen war.

Obi-Wan ging nicht davon aus, dass die Cobral-Familie über ihre Ankunft informiert war, doch ein von Kriminellen regierter Planet war immer ein gefährlicher Ort. Er erwartete beinahe, im Hangar Schwarzmarkthändler und anderes übles Volk anzutreffen. Doch es war nur eine einzige Person da, als die Jedi ausstiegen: eine Frau, die sie scheinbar gleichgültig ansah. Obi-Wan entspannte sich ein wenig, bis der Frachter-Captain die Rampe ausfuhr.

„Ich werde sobald wie möglich wieder starten, wenn Ihr nichts dagegen habt", sagte er nervös. „Ich will hier nicht mehr Zeit als unbedingt nötig verbringen. Wegen der Luftstraßen-Steuer und all diesem Zeug auf Frego."

Obi-Wan nickte. Obwohl er nicht genau wusste, was der Pilot meinte, konnte er sich ausmalen, dass es etwas Unangenehmes und höchstwahrscheinlich Illegales war.

Er bedankte sich bei dem Captain für die sichere Reise und sah ihm zu, wie er wieder in sein Raumfahrzeug kletterte.

Als sich die Tür des Schiffes geschlossen hatte, kam die Frau im Hangar auf die Jedi zu.

„Ich hoffe, Ihr hattet eine angenehme Reise von …" Sie hielt inne.

„Coruscant", ergänzte Obi-Wan. „Seid Ihr Lena?"

„Nein", antwortete die Frau und als sie ihre Kapuze nach hinten warf, sahen die Jedi kurz geschnittenes Haar und ein jugendliches Gesicht. „Ich bin Mica, aber ich werde Euch gleich zu Lena bringen." Mica sah sich noch einmal im Hangar um.

Sie ist nervös, dachte Obi-Wan. Er holte tief Luft und konzentrierte sich auf die Macht. Doch er spürte keine Gefahr – nur Micas Furcht.

„Folgt mir, aber nicht zu dicht. Wenn ich von jemandem angesprochen werde, werde ich so tun, als würde ich Euch nicht kennen." Mica sah Qui-Gon und Obi-Wan mit ihren großen, dunklen Augen an. Sie wartete, bis beide zustimmend nickten.

„Wir werden tun, was Ihr sagt", versicherte Obi-Wan ihr.

Mica setzte ihre Kapuze wieder auf und ging schnell aus dem Hangar.

Obi-Wan genoss es immer, einen neuen Planeten zu

Fuß kennen zu lernen. Qui-Gon hatte ihm beigebracht, dass das langsamere Tempo für allerlei Beobachtungen besser war – und es gab eine Menge zu beobachten auf Frego. Nichts davon war so, wie Obi-Wan es erwartet hatte.

Die Straßen waren sauber, die Gehwege waren voller Freganer, die bunte Bündel trugen und ohne Eile umhergingen. Nicht weit vom Hangar der Stadt gab es einen Bereich, in dem Buden entlang der Straßen aufgebaut waren. Dort verkauften Händler frisches Obst, Gemüse, Fleisch und Getreide. Sie schrien die Preise hinaus und begrüßten ihre Stammkunden. Als sie weiter in den Markt hineingingen, sahen sie Händler, die Haushaltswaren und sogar Fahrzeuge verkauften. Überall schienen die Leute fröhlich und entspannt zu sein.

Im Zentrum des Marktes war die Menge so dicht gedrängt und es gab so viel zu sehen, dass Obi-Wan Mica beinahe aus den Augen verlor. Doch jedes Mal, wenn er nach vorn schaute, sah er, dass Qui-Gons Augen auf Micas graue Kapuze gerichtet waren. Er schien die Umgebung nicht wahrzunehmen, wie er es sonst immer tat. Er war mit den Gedanken zweifellos woanders.

Obi-Wan hätte gern mit seinem Meister über das gesprochen, was er gesehen hatte. War es nicht ungewöhnlich, dass ein von Kriminellen kontrollierter Planet scheinbar eine solch zufriedene Bevölkerung hatte?

Doch er war sich sicher, dass Qui-Gon nicht über die Freganer nachdachte, also hielt er sich zurück.

Irgendwann gab es keine Verkaufsbuden mehr und die Menge löste sich auf. Nachdem Mica die Jedi durch ein Labyrinth aus dunklen, aber sauberen Gassen geführt hatte, blieb sie stehen und winkte Obi-Wan und Qui-Gon zu sich. Als sie näher kamen, tippte Mica etwas in ein Kontrollfeld ein. Eine große Lagerhaustür öffnete sich und gab den Blick auf einen riesigen Raum voller alter Ausrüstungsteile frei.

„Wir sind da", sagte Mica, winkte die Jedi herein und warf einen letzten Blick in die Gasse hinaus, bevor sie die Tür schloss. „Ich bin die Einzige, die Lenas Versteck kennt. Außer Euch. Es ist wichtig, dass man Euch niemals bis zu diesem Ort folgt."

„Natürlich." Obi-Wan nickte.

Am oberen Ende einiger Treppenaufgänge aus Durastahl ging die riesige Halle voller Maschinen in einen gemütlichen Wohnraum über. Dort, mit dem Rücken zum Eingang, stand zwischen einigen bunt gemischten, aber bequemen Sofas die Frau, die Obi-Wan auf Jocasta Nus Holoschirm gesehen hatte. Lena Cobral.

„Ihr habt es geschafft", sagte sie, hielt Obi-Wan und Qui-Gon die Hände zum Gruß hin und umarmte schließlich Mica. „Ich bin so froh. War Eure Reise sehr beschwerlich?"

„Sie ging schnell vorüber", sagte Qui-Gon zu ihr und stellte sich und seinen Padawan dann vor.

Obi-Wan war froh, dass Qui-Gon einmal mehr sein Schweigen gebrochen hatte, denn er war sich nicht sicher, ob er die Unterhaltung ohne weiteres hätte führen können.

Lena Cobral war schon auf dem Holoschirm eine attraktive Erscheinung gewesen, doch von Angesicht zu Angesicht war sie geradezu atemberaubend schön. Lange schwarze Haare flossen über ihre Schultern und rahmten ein Gesicht mit ebenso dunklen Augen ein, wie auch Mica sie besaß. Sie schien – ähnlich wie die Freganer auf der Straße – sehr gelassen. Sie hatte die Jedi begrüßt, als wären sie alte Freunde oder Ehrengäste auf einer Party und nicht Botschafter in seiner politischen Mission. Lena Cobral war nur wenige Jahre älter als Obi-Wan, was ihn überraschte.

„Bitte setzt Euch", sagte Lena und begleitete die Jedi zu den Stühlen. „Möchtet Ihr etwas trinken? Vielleicht Kopi-Tee?"

Bevor die Jedi ablehnen konnten, goss Lena eine warme, dunkle Flüssigkeit in zwei Tassen. Sie hatte einen leichten Orangeton und schmeckte hervorragend.

„Meine Kusine Mica versorgt mich mit allem, seitdem ich mich verstecke." Lena lächelte die schweigende Mica an. „Sie brachte mir gestern auch diesen Tee. Und heute hat sie mir Euch gebracht." Lena wandte sich mit ihrem einnehmenden Lächeln den Jedi zu. Obi-Wan war es beinahe unmöglich, nicht zurückzulächeln.

„Sie ist zu gut zu mir", sagte Lena in einem Ton, der nicht zu jemandem zu passen schien, der bedroht wurde. „Sie besteht darauf, bei mir zu bleiben, ungeachtet der Gefahr, in die sie selbst sich damit bringt. Ich weiß, dass ich das eigentlich nicht zulassen sollte."

„Du bist diejenige, die keinen Gedanken an die Gefahr verschwendet, der du dich aussetzt", sagte Mica sanft.

Als Obi-Wan sah, wie Lena ihre Kusine beobachtete, wie sie aufstand und ging, glaubte er zum ersten Mal so etwas wie Anspannung und Angst in ihrem Gesicht zu erkennen. Er warf Qui-Gon einen Blick zu, um herauszufinden, ob sein Meister es auch bemerkt hatte. Doch der starrte gedankenverloren in seine Teetasse.

„Es tut mir Leid", entschuldigte Lena sich und legte plötzlich eine Hand an die Augenbraue. „Ich vergeude Eure Zeit. Und ich war Euch gegenüber nicht ganz aufrichtig."

Obi-Wan setzte sich auf und Qui-Gon stellte seine Tasse auf den Tisch. Doch anstatt etwas zu sagen, warteten sie darauf, bis Lena fortfuhr.

„Es stimmt, dass ich eine Eskorte nach Coruscant brauche. Und es stimmt, dass ich gegen die Cobrals aussagen möchte. Ich muss zu Ende bringen, was Rutin begonnen hat. Die Aufgabe, für die er starb." Lenas Stimme begann zu zittern. Sie stand auf und drehte den milchigen Fenstern den Rücken zu, bevor sie fortfuhr. „Es war mein Fehler. Ich hatte nicht vor, mich in ihn zu verlieben. Ich wusste nicht, dass er ein Cobral war. Aber Liebe ist nicht etwas, das man sich aussucht, stimmt's?"

Obi-Wan schien es, als ob Qui-Gon leicht nickte.

„Bevor wir heirateten, versprach Rutin, dass er den Verbrechen ein Ende setzen würde, doch er konnte es nicht ertragen, aus seiner Familie ausgestoßen zu werden. Er war das Lieblingskind seiner Eltern und er liebte sie. Er hoffte, dass er sie von ihrem Weg abbringen konnte. Er hatte nicht einfach nur vorgehabt, selbst auszusteigen. Er wollte es ganz beenden." Lena sprach immer schneller, so als konnte sie die Worte nicht zurückhalten.

„Doch dann fand sein Bruder Solan heraus, dass Rutin etwas verändern wollte. Er war unglaublich wütend und ging zu ihrem Vater. Rutin konnte den Verbrecherring nicht von innen auflösen. Also beschloss er, es von außen zu tun. Es war die schwerste Entscheidung, die er jemals treffen musste. Ich wollte, dass er aussteigt, flehte ihn aber an, sein Leben nicht aufs Spiel zu setzen. Doch er wollte unbedingt aussteigen. Für mich, sagte er. Er tat es für mich." Lena hielt inne und wandte sich wieder an die Jedi. Ihre dunklen Augen waren voller Tränen.

Obi-Wan hatte das Gefühl, als würde sie nur ihn ansehen und ihre dunklen Augen bohrten sich geradewegs in sein Herz. Es war, als suchte sie etwas in ihm, als wollte sie herausfinden, ob er die Stärke und den Mut hatte, ihr zu helfen. Ob sie ihm vertrauen konnte.

Obi-Wan wusste instinktiv, dass er *ihr* vertrauen konnte. Da war etwas in der Art, wie sie sich gab, wie sie sprach. Sie log sie nicht an. Er konnte zwar ihre Angst spüren, aber auch ihre Aufrichtigkeit. Und er spürte ihre Stärke. Lena Cobral war kein Feigling.

„Deswegen muss ich diesen Plan zu Ende führen", sagte Lena und richtete sich wieder auf. „Ich kann nicht zulassen, dass Rutins Tod vergeblich war. Ich werde aussagen und den Verbrechen ein Ende setzen. Aber ..."

Obi-Wan beugte sich leicht vor. Bis hierher hatte er die Geschichte erwartet. Aber was würde nun kommen?

„Ich habe keine festen Beweise, die ich vor dem Senat anbringen kann", sagte Lena seufzend. „Rutin hat sehr hart gearbeitet, um mich zu beschützen. Ich habe nur viel gehört, genauso wie die Freganer. Mein Wort steht gegen das der Verbrecher."

Qui-Gon erhob sich. Obi-Wan sah an seinem Gesicht, dass er keineswegs glücklich darüber war, an der Nase herumgeführt worden zu sein. Sie waren als Eskorte für eine gefährdete Zeugin gesandt worden und jetzt sah es ganz so aus, als würde ihre Zeugin nichts aussagen können.

„Bitte“, sagte Lena und nahm Qui-Gons große Hand. „Ich flehe Euch an. Bleibt, bis ich genügend Beweise habe. Ich weiß, dass es sie gibt – Listen und Daten, Konten und Aufzeichnungen der Cobral-Verbrechen. Mit Eurer Hilfe ...“

„Wir wurden lediglich gesandt, um Euch zu helfen“, sagte Qui-Gon emotionslos. „Wenn Ihr nicht aussagen könnt, müssen wir allein nach Coruscant zurückkehren.“

Obi-Wan lief rot an. Er wollte nicht glauben, was er da hörte. Wie konnte Qui-Gon dieser Frau ihre Hilfe verweigern?

Kapitel 3

„Meister!“, sagte Obi-Wan etwas schärfer, als er es vorgehabt hatte. „Ich ...“ Er hielt inne, als ihm klar wurde, dass es nicht sonderlich klug war, ihre Meinungsverschiedenheiten in Lenas Gegenwart zu diskutierten. „Ich würde Euch gern sprechen“, sagte er schließlich.

Obi-Wan nickte Lena zu, ging schnell zur Treppe und lief bis zum nächsten Absatz hinunter. Er hörte Qui-Gons Schritte hinter sich. Als sie die Zwischenplattform erreichten, wirbelte Obi-Wan herum.

„Meister, Ihr könnt doch nicht im Ernst diese Frau hier zurücklassen“, stieß er hervor. „Sie ist offensichtlich in Gefahr!“

„Sie hat uns hinsichtlich ihrer Beweise angelogen, Obi-Wan. Woher sollen wir wissen, ob sie nicht auch hinsichtlich der Gefahr lügt?“, erwiderte Qui-Gon ruhig.

„Ihre Angst ist echt“, sagte Obi-Wan. „Ihr spürt das doch sicher auch. Wir können sie nicht hier zurücklassen." Obi-Wan wurde heiß im Gesicht. Vor Tahls Tod hatte er zum letzten Mal so deutlich mit seinem Meister gesprochen, doch Qui-Gon schien seit jener Zeit nur noch das zu spüren, was in ihm selbst vorging.

Qui-Gon sah seinen Padawan lange an. Obi-Wan hielt seinem Blick stand. Er würde es nicht zulassen, dass Qui-Gon dieser Mission den Rücken kehrte.

„Wir können zwei Tage bleiben, aber nicht länger", sagte Qui-Gon schließlich. „Wenn sie bis dahin nicht die nötigen Beweise hat, werden wir ohne sie nach Coruscant zurückkehren. Aber ich halte das für keine gute Idee. Du lässt dich von deinen Emotionen leiten."

„Das werde ich nicht bereuen", sagte Obi-Wan entschlossen.

„Das hoffe ich", gab sein Meister zurück.

Wut und Frustration kochten in Obi-Wan hoch. Ohne ein weiteres Wort ging er wieder die Treppe hinauf. Hatte sich Qui-Gon in der Vergangenheit nie von seinen Gefühlen leiten lassen? Wenn sein Meister diese Gefühle bei sich selbst zulassen würde, würde er Obi-Wan verstehen. Sie würden die richtige Entscheidung treffen. Lena – und Frego – brauchten sie.

Obi-Wan musste einen Augenblick stehen bleiben und sich beherrschen, bevor er wieder in den Wohnraum ging. Lena hörte die Jedi auf der Treppe und drehte sich um. Ihr Gesicht war voller Hoffnung.

„Wir werden zwei Tage bleiben", sagte Obi-Wan lächelnd.

„Wir werden Euch beschützen, solange wir hier sind, aber das ist alles", fügte Qui-Gon hinzu. „Und wir werden keine Beweise gegen die Cobrals sammeln."

Das war genug. Lena umarmte Obi-Wan. „Vielen Dank", sagte sie in sein Ohr. „Danke. Das ist mehr, als ich verlangen konnte."

Obi-Wan spürte, wie sein Hals und sein Gesicht erröteten, als er Lena unbeholfen umarmte. Aus dem Augenwinkel sah er Qui-Gon und dahinter Mica. Keiner von beiden lächelte.

„Zwei Tage sind mehr als genug, aber wir dürfen keine Zeit verlieren", sagte Lena. Sie lief aus dem Zimmer und kehrte einen Augenblick später mit einer Robe zurück, die der von Mica ähnelte. Sie steckte schnell ihre Haare hoch und verbarg sie unter der Kapuze.

„Ich komme mit", sagte Mica.

Lena schüttelte den Kopf. „Es gibt keinen Grund, dich ebenfalls in Gefahr zu bringen."

Obi-Wan glaubte einen gereizten Blick in Micas Augen zu sehen, doch sie schwieg, als die Jedi und Lena das Apartment verließen.

Lena verhielt sich sehr kühl und ihr Gesichtsausdruck war voller Entschlossenheit, als sie die Jedi nach draußen in die Gasse führte. Obi-Wan fiel auf, dass ihre Augenbrauen nachgezogen waren, bevor sie sie hinter einer dunklen Brille verbarg, die den größten Teil ihres Gesichts verdeckte.

Lena bewegte sich noch schneller als ihre Kusine durch die Straßen. Sie führte die Jedi aus dem Viertel mit hohen, dunklen Lagerhäusern in eine Gegend voller riesiger, glitzernder Gebäude. Durchsichtige Turboliftkabinen glitten wie Luftblasen lautlos an den Fassaden auf und ab.

Lena blieb vor einem besonders großen und eindrucksvollen Gebäude abrupt stehen. Drei Männer standen vor dem Turbolift Wache.

„Wir müssen den Hintereingang benutzen", sagte Lena. Sie hatte sich endlich zu den Jedi umgewandt und seufzte traurig. „Ich war nicht mehr in meiner Wohnung seit ..."

„In Eurer Wohnung?", unterbrach Qui-Gon ihre Gedanken.

Obi-Wan nahm an, dass sein Meister nicht sonderlich über ihr Ziel überrascht war, dass er es aber auch für keine gute Idee halten würde, hineinzugehen. Auch Obi-Wan war sich nicht sicher. Aber er wollte Lena helfen.

„Seid Ihr sicher, dass das weise ist?", fügte Qui-Gon hinzu.

„Wir haben keine Wahl", erklärte Lena. „Dort drinnen befinden sich wichtige Informationen, die ich für meine Aussage brauche."

Qui-Gon gab keine Antwort, als sich Lena umdrehte und durch eine schmale Gasse in Richtung des Hintereingangs ging. Der war glücklicherweise nicht bewacht. Lena tippte einen Code in eine kleine Tastatur ein und die Tür glitt auf. Aber auf dieser Seite des Gebäudes gab es keinen Turbolift. Sie mussten siebenunddreißig Stockwerke zu Fuß hinaufgehen.

Als sie das oberste Stockwerk erreicht hatten, waren sie außer Atem. Doch Lena gönnte sich keine Pause. Sie führte sie um eine Ecke und vor etwas, das wie eine Durabeton-Wand aussah. Erst als er sehr dicht davor stand, erkannte Obi-Wan, dass es eine Geheimtür war. Lena drückte einen kleinen Knopf und die Tür glitt auf.

Noch bevor Obi-Wan einen Blick hinein werfen konnte, stöhnte Lena und legte eine Hand auf den Mund. Der Raum war wohl einmal ein schöner Salon gewesen. Doch das ganze Apartment war offensichtlich durchwühlt worden und es lagen haufenweise Trümmer auf dem Boden. Alles war zerstört.

Die prächtigen Stoffe der Möbel waren zerrissen und lagen überall auf dem Boden umher. Tische und Stühle waren zerschmettert. Schubladen lagen herum, Regale waren ausgeräumt und ihr Inhalt war im Zimmer verstreut.

Das Apartment war einmal elegant eingerichtet gewesen, doch jetzt sah es aus wie in einer Müllpresse. Wer auch immer dieses Chaos angerichtet hatte, hatte gute Arbeit geleistet. Sogar die Teppiche waren in Fetzen zerrissen.

Lena stützte sich auf Obi-Wans Arm. „Ich hätte mir denken können, dass sie alles durchsuchen", sagte sie niedergeschlagen. Sie beugte sich zum Boden und hob ein paar Scherben einer kleinen Steinfigur auf. Als sie sie in den Händen hielt, füllten sich ihre Augen mit Tränen. Obi-Wan wollte sie trösten, wusste aber nicht, was er sagen sollte. Er drückte sanft ihren Arm.

„Ich glaube, Ihr könnt froh sein, dass Ihr nicht zu Hause wart", bemerkte Qui-Gon trocken. Er hatte offensichtlich Lenas Gesichtsausdruck nicht bemerkt und Obi-Wan spürte einen Anflug von Ärger. Wie konnte sein Meister nur so gefühllos sein?

Lena holte tief Luft und ließ Obi-Wan los, bevor sie vorsichtig durch das Chaos in den hinteren Teil des Apartments ging. Qui-Gon blieb in der Nähe der Lifttüren stehen. Obi-Wan folgte Lena dichtauf für den Fall, dass sie wieder seine Hilfe brauchte. Es schien, als wäre das Apartment nicht nur durchsucht, sondern vorsätzlich zerstört worden.

Mit trauriger Miene blickte Lena über das Chaos. Einmal hielt sie inne, um ein Dekorationsstück aufzuheben, das nicht zerstört war. Sie stellte es auf ein Regal, das jeden Moment von der Wand zu fallen drohte. Obi-Wan fragte sich, wie lange es wohl dort stehen bleiben würde, bevor es zusammenbrechen würde.

„Wie eigenartig!“, rief Lena plötzlich und ging zu ihrem Schlafzimmer am Ende eines kleinen Flures. In diesem Zimmer war alles unberührt. Die Möbel standen noch alle da. Das Bett war gemacht. Sogar das Porträt an der Wand hing gerade.

Obi-Wan ging näher an das Porträt heran. Es war ein Bild von Lena und Rutin. Sie standen vor einem Wasserfall und sahen sich tief in die Augen. Irgendetwas mit dem Bild stimmte nicht, doch bevor Obi-Wan sich klar wurde, was es war, schwenkte das Bild mitsamt der Wand, an der es hing, zur Seite und brachte ein kleines Büro zum Vorschein.

„Hier hat Rutin abends gearbeitet“, erklärte Lena und ging durch die Geheimtür. „Hier sind sämtliche Daten über seine Familie gespeichert. Ich kann mir nicht vorstellen, dass, wer auch immer das Apartment durchsucht hat, hier nicht ...“ Lenas Stimme erstickte, als sie den Computerbildschirm anschaltete.

Blaues Licht und ein Ausdruck des Entsetzens breiteten sich auf Lenas Gesicht aus, als eine Nachricht auf dem Bildschirm aufleuchtete.

DU KANNST UNS NICHT AUFHALTEN. WENN DU ES VERSUCHST, WIRST DU STERBEN.

Kapitel 4

Qui-Gon betrat das kleine Büro und sah gerade noch, wie die Nachricht ein letztes Mal aufblitzte. Dann wurde der Bildschirm wieder dunkel.

Lena sank in einen Stuhl und starrte fassungslos vor sich hin. „Sie haben die Beweise gelöscht", sagte sie. „Sie haben alles gelöscht."

Einen Augenblick verdrängte Verzweiflung Lenas Entschlossenheit. Qui-Gon war überrascht, auch bei Obi-Wan Verzweiflung zu spüren. Er sah ihn besorgt an. Sein Padawan verhielt sich sonst nicht so.

Qui-Gon wandte seine Aufmerksamkeit wieder dem aktuellen Problem zu. „War der Computer mit einem Netzwerk verbunden?", fragte er.

„Ich glaube nicht", gab Lena zurück. Dann schüttelte sie voller Überzeugung den Kopf. „Nein. Rutin hätte seine Informationen nicht hier gelassen, wenn das so gewesen wäre."

„Und niemand sonst hatte Zugang zu den Informationen?“, fragte Qui-Gon weiter.

„Nun, die Informationen waren innerhalb der Familie kein Geheimnis. Sie alle wussten, was vor sich ging, waren aber bemüht, keine Spuren zu hinterlassen. Solan hat sich dessen versichert.“ Lena stand auf und ging zurück in ihr Schlafzimmer. Sie schien mehr mit sich selbst als zu den Jedi zu sprechen. „Und doch hat Rutin eine Spur gelegt. Jeder von ihnen hätte es tun können, aber Solan ...“

Qui-Gon sah, dass sich Lena bereits wieder von dem Rückschlag erholte. Sie schmiedete schon einen neuen Plan. Qui-Gon bewunderte ihre Entschlossenheit. Ihr Ehemann war erst vor kurzem gestorben und wenn sie ihn tatsächlich so sehr geliebt hatte, wie sie vorgab, war sie erstaunlich gefasst. Er dachte, dass sie sie womöglich doch zu täuschen versuchte.

„Sie wissen alle Bescheid“, sagte Lena noch einmal, dieses Mal lauter. „Und einer von ihnen könnte uns vielleicht helfen.“ Lena drehte sich um und machte sich auf den Weg zum Lift.

„Kommt“, bat sie die Jedi. „Jetzt werde ich Euren Schutz mehr denn je brauchen. Wir gehen zum Anwesen der Cobrals.“

„Haltet Ihr das für eine kluge Idee?“, fragte Qui-Gon.

„Dort lebt nur noch meine Schwiegermutter. Sie hat

nichts mit den Geschäften der Familie zu tun. Es lohnt sich, das Risiko einzugehen. Es muss sich lohnen." Lena klang entschlossen.

Lena und die Jedi stiegen im Keller des Gebäudes in einen großen Landgleiter. Augenblicke später flogen sie aus der Stadt in die Heimat von Lenas Schwiegermutter Zanita Cobral.

„Wir haben uns immer gut verstanden", erklärte Lena, als sie über die Oberfläche des Planeten dahinglitten. „Rutin war ihr Lieblingssohn. Er war der jüngste. Ihn zu verlieren war furchtbar für sie – für uns alle."

Vom Rücksitz fiel es Qui-Gon nicht leicht, sich auf Lena zu konzentrieren. Während er sich dazu zwang, dachte er gleichzeitig darüber nach, ob es eine solch gute Idee gewesen war, auf diese Mission zu gehen. Hier waren kühle Entscheidungen gefragt und er wusste nicht, ob er dazu in der Lage war. Er hatte das Gefühl, als würde er sich durch einen Nebel aus wirren Emotionen tasten.

„Zanita ist vermutlich die einzige Person auf diesem Planeten, die nicht unter Solans Knute steht", sagte Lena zu Obi-Wan. „Sie ist die einzige, die uns helfen kann. Ich hoffe nur, dass sie es auch will."

Das Anwesen der Cobrals lag auf einer Anhöhe mit Blick über Rian. Als das große Wohnhaus in Sicht kam, aktivierte Lena das Stahlglas-Dach des Gleiters, das die

Reisenden schnell vor Blicken schützte. Dann drückte sie einen anderen Knopf und das Dach nahm eine dunkle Tönung an.

„Wenn wir das Tor erreichen, müsst Ihr Euch ducken", sagte Lena. „Die Cobrals mögen keine Fremden."

Qui-Gon fragte sich, wie die Cobrals wohl auf Lenas Besuch reagieren würden. Obwohl sie gesagt hatte, dass sie und ihre Schwiegermutter sich gut verstanden, könnte ihre Gegenwart die Familie eher aufwühlen als beruhigen.

Doch die Cobrals hatten wenigstens jemanden, der sie an Rutin erinnerte. Wen hatte Qui-Gon, der ihn an Tahl erinnerte? Keiner hatte sie so gut gekannt wie er. Jeden Tag holten ihn neue Erinnerungen ein. Und er konnte sie mit niemandem teilen.

Qui-Gon saß, in seine Robe gehüllt, zusammengekauert auf der Rückbank des Gleiters und spürte, wie Lena sich anspannte. Er wusste, dass das bevorstehende Treffen mit Zanita nicht der einzige Grund dafür war. Etwas anderes ging vor sich.

„Da ist Solans Gleiter", flüsterte sie den Jedi zu. „Und der seines Bruders Bard. Die ganze Familie ist da."

Qui-Gon hob seinen Kopf und sah einige Luxusvehikel auf dem Platz vor dem Haus. Es gab keinen Zweifel, dass die Cobrals außerordentlich wohlhabend waren.

„Vielleicht sollten wir später noch einmal zurückkommen", schlug Obi-Wan vorsichtig vom Vordersitz vor.

„Nein", entgegnete Lena mit der ihr eigenen Entschlossenheit. „Ich habe keine Zeit. Wir werden uns hineinschleichen und ich werde eine Möglichkeit finden, allein mit Zanita zu sprechen. Oder vielleicht finde ich allein, was ich suche, und wir brauchen ihre Hilfe gar nicht. Ein paar der Cobrals hier zu haben, könnte gar nicht so schlecht sein. Vielleicht erhalten wir so zusätzliche Informationen."

Oder tödliche Informationen, dachte Qui-Gon.

Lena parkte ihren Gleiter am hinteren Ende der Reihe in der Nähe einer Metallstatue.

„Wir können durch den Kücheneingang hineingehen", sagte sie und deutete auf eine kleine Tür.

Qui-Gon sah, wie Lena und Obi-Wan neben dem Lieferanteneingang in Position gingen. Einen Augenblick später kam ein Diener heraus. Er bemerkte nicht, dass Lena ihren Fuß in die Tür schob, damit sie sich nicht schloss. Als der Bedienstete um die Ecke des Gebäudes verschwunden war, trat Qui-Gon nach Lena und Obi-Wan durch die Tür.

Es war nur allzu leicht gewesen, hineinzugelangen.

Der Küchenbereich war riesig, voll glänzender Wandschränke und Container für Lebensmittel. Überall waren Bedienstete mit der Vorbereitung eines opulenten Mahls beschäftigt.

Lena wartete, bis die meisten der Diener mit dem Rücken zur Tür standen, zog ihre Kapuze hoch und ging durch den Raum. Sie bewegte sich mit einer solchen Entschlossenheit, dass niemand es wagte, sie zu fragen, wer sie war und wohin sie wollte. Nachdem sie einen sehr langen Korridor mit einem kostbaren, schweren Teppich hinter sich gelassen hatte, trat sie in ein kleines Zimmer und zog Obi-Wan und Qui-Gon hinter sich her. In dem Raum standen mehrere Holoschirme.

„Das war einmal eine Wachstation", erklärte Lena. „Doch nachdem ihr Mann gestorben war, meinte Zanita, dass sie nicht mehr so viel Schutz benötigte. Daher wird er nicht mehr benutzt."

Qui-Gon war ein wenig erleichtert. Zumindest gab es eine Erklärung dafür, dass sie so einfach ins Haus gelangt waren.

Lena stellte einen der Holoschirme so ein, dass er einen großen Speisesaal voller Leute zeigte.

„Bard hat heute Geburtstag", sagte Lena erleichtert. Das große freganische Geburtstagsbanner lag über dem Esstisch. „Ich hätte daran denken müssen."

Die Gesellschaft war über den gesamten Raum verteilt; alle lächelten und hielten Gläser mit einer roten Flüssigkeit in den Händen. Auf den ersten Blick schien es eine ganz normale Party zu sein. Qui-Gon beobachtete die Szenerie genauer.

„Da ist Zanita", sagte Lena und zeigte auf eine große,

ältere Frau, die ein schwarzes Kleid trug, das mit zahllosen winzigen Edelsteinen besetzt war. Um den Kopf hatte sie einen großen Schal aus grobem Leinen wie einen Turban gewickelt. Trotz ihres Alters war sie mit Abstand die auffälligste Person im Raum. Qui-Gon war beeindruckt von ihrer Erscheinung und der Art, wie sie sich ungezwungen um die Leute kümmerte – sie lächelte und lachte mit ihnen und achtete darauf, dass es ihnen an nichts fehlte. Dann fiel ihm etwas anderes auf.

„Ist das Solan?“, fragte er leise und zeigte auf einen finster dreinschauenden Mann in der Ecke.

„Ja, woher wisst Ihr das?“, fragte Lena.

Qui-Gon hob die Augenbrauen, schwieg aber. Er beobachtete Solan. Wie Zanita war auch der Mann mit dem Stirnrunzeln von Leuten umgeben. Doch niemand schien sich in seiner Gegenwart wohlzufühlen. Sie standen nur nervös in seiner Nähe.

Plötzlich erhob sich Solan. Eine Frau in seiner Nähe nahm schnell sein leeres Glas und seine Serviette. Ein paar andere Bedienstete fragten, ob er noch etwas wünschte, doch er schickte sie nur mit einer barschen Handbewegung weg. Solan ging zum Ehrengast der Feier. Der war kleiner als er, ähnelte ihm aber auffallend. Es war sein Bruder Bard.

Solan legte locker einen Arm um Bards Schulter und unterbrach damit dessen Unterhaltung. Er schob ihn an den Rand des Party-Treibens. Dort sprach er leise mit ihm.

„Sie haben alle Angst vor ihm", bemerkte Obi-Wan.

Qui-Gon war erfreut festzustellen, dass auch seinem Padawan nicht entgangen war, wie der jüngere Bruder seine Schultern versteifte. „Genau", sagte Qui-Gon. „Sogar seine Familie fürchtet sich vor ihm."

Lena hielt eine Hand hoch, um die Jedi zum Schweigen zu bringen. „Zanita verlässt die Party", flüsterte sie. „Das ist meine Chance."

Ohne ein weiteres Wort trat Lena durch die Tür. Die Jedi blieben zurück und beobachteten sie auf dem Holoschirm. Sie ging den Korridor entlang auf die Bibliothek zu und in den großen Raum mit schwerem Mobiliar und hohen Regalen voller Bücher. Zanita war offensichtlich in die Bibliothek gegangen, um sich einen Augenblick auszuruhen.

Qui-Gon war von einer seltsamen Unruhe erfüllt. Er konnte sich trotz Zanitas freundlicher Art nicht vorstellen, dass das Treffen gut verlaufen würde.

Obi-Wan ging näher an den Schirm heran. Lena erreichte, von den Gästen ungesehen, die Bibliothek.

Zanita schien beim Anblick ihrer Schwiegertochter erfreut. Die alte Frau stand auf, umarmte Lena und hielt sie lange fest.

Obi-Wan hantierte an den Kontrollen unter dem Schirm

und blendete den Ton der anderen Party-Gäste aus, bis sie hören konnten, was Lena und Zanita in der Bibliothek besprachen.

„Aber meine Liebe, weshalb versteckst du dich vor deiner Familie?“, fragte Zanita mit besorgter Stimme.

„Ich hatte Angst“, erklärte Lena. „Und ohne Rutin wusste ich nicht, was du von mir denkst.“

„Du wirst immer eine Cobral sein“, sagte Zanita ernsthaft und sah ihre Schwiegertochter nachdenklich an. „Aber weshalb hast du Angst?“

Lena zögerte und senkte dann die Stimme. „Ich habe Angst, weil ich glaube, dass Solan Rutin umbringen ließ.“

Zanita ging erschrocken einen Schritt zurück und ließ sich dann in ein großes, komfortabel aussehendes Sofa sinken.

„Das war meine größte Befürchtung“, flüsterte Zanita mit Tränen in den Augen. „Ich hatte gehofft, dass es nicht so ist. Und doch, wenn ich in mein Herz schaue, sehe ich, dass du Recht hast.“

Sie zog ein besticktes Tuch aus der Tasche und wischte sich die Augen trocken, bevor sie fortfuhr. „Ich habe versucht, Solan aufzuhalten, ihn zur Vernunft zu bringen. Aber es war zu spät.“ Sie begann wieder zu weinen. „Und jetzt ist Rutin tot.“

Lena kniete sich neben Zanita nieder und tröstete sie

so gut sie konnte. Sie erzählte Zanita auch alles über Rutins Pläne, den Verbrecherring zu zerschlagen. „Ich weiß, dass du das nicht gern hören wirst, aber ich habe vor, gegen die Familie auszusagen. Rutins sehnlichster Wunsch ist jetzt auch meiner geworden. Ich will der Gewalt ein Ende setzen." Lena sah ihrer Schwiegermutter in die Augen. „Und dazu brauche ich deine Hilfe."

Im Wachraum nahm Qui-Gon ein leichtes Zittern in Lenas Stimme wahr. Er konnte es Lena natürlich nicht verdenken – immerhin bat sie Zanita gerade darum, ihre eigene Familie zu verraten. Ihre eigenen Kinder.

Zanitas Blick blieb gesenkt und sie ließ Lenas Hand los. Ihre imposante Persönlichkeit schien dort auf dem Sofa kleiner geworden zu sein. Irgendwann hob sie den Blick zu dem Porträt an der Wand der Bibliothek. Es war ein Bild von drei Männern, den Cobral-Brüdern. Rutin stand stolz in der Mitte.

„Ja", sagte sie. „Es muss ein Ende haben."

Kapitel 5

Zanita blieb noch einen Moment schweigend sitzen. Als sie aufsah, hatte sie wieder Tränen in den Augen. „Es gibt ein paar Dokumente“, sagte sie langsam. „Ich glaube, ich kann sie dir besorgen. Aber du musst mir versprechen, dass du meinen Namen in keiner Weise mit deiner Aussage in Verbindung bringst.“

„Natürlich nicht, Zanita“, versicherte Lena ihr. Sie drückte sanft ihre Schulter. „Ich weiß, dass du nichts mit der Gewalt und der Korruption zu tun hast.“

Zanita schien wieder zu Kräften zu kommen, während sie nachdachte. Das erinnerte Qui-Gon an Lena. „Ich werde ein wenig Zeit brauchen, um dir die Dokumente zu beschaffen“, sagte Zanita. „Vielleicht bis morgen Nacht. Wenn Solan Verdacht schöpft …“

Plötzlich ertönte eine laute Stimme vor der Tür zur Bibliothek. Qui-Gon schaute besorgt drein. Es war die Stimme eines Mannes und sie klang wütend.

Lena ließ den Arm ihrer Schwiegermutter los und legte einen Finger auf die Lippen. Ohne zu zögern stand sie auf und versteckte sich hinter einem schweren Vorhang, der die Stahlglas-Tür der Bibliothek verdeckte.

Einen Augenblick später ging die Tür auf und Solan polterte in den Raum. „Mutter“, sagte er streng und sah Zanita an, als wäre sie ein Kind, das es zu bestrafen galt. „Was machst du hier?“

Zanita sah ihren Sohn an. Sie war kein Kind und wollte offensichtlich auch nicht wie eines behandelt werden. „Ich wollte lediglich einen Augenblick allein sein“, gab sie zurück. In ihrem Gesicht war keinerlei Angst zu sehen.

Solan tappte ungeduldig mit dem Fuß auf den Boden. „Du bist die Gastgeberin der Geburtstagsfeier deines Sohnes“, sagte er. „Es ist nicht angemessen, wenn du dich wegschleichst, um einen Augenblick allein zu sein. Wenn die Party vorüber ist, kannst du allein sein.“

„Hör auf, mich zu bevormunden, mein Sohn. Dies ist mein Haus und ich kann tun und lassen, was ich will.“ Sie sah ihren Sohn an.

Solan blinzelte und ging einen Schritt näher an sie heran. „Juno braucht dich in der Küche“, sagte er. „Er weiß nicht, welche Teller du für das Abendessen wünschst.“

„In Ordnung“, gab Zanita zurück. „Ich werde es mit ihm besprechen.“

„Gut. Danach kommst du zur Party zurück."

Zanita ging nicht darauf ein, dass ihr Sohn ihr gerade einen Befehl gegeben hatte. Stattdessen folgte sie ihm kommentarlos aus der Bibliothek. Sie drehte sich auch nicht um, als sich die Tür leise hinter ihr schloss.

Lena wartete ein paar Minuten und ging dann ebenfalls hinaus. Wenige Minuten später war sie wieder bei den Jedi im Wachraum.

„Ich nehme an, Ihr habt alles gehört", sagte sie. „Es macht mich rasend, dass er so mit seiner Mutter spricht. Ich würde mir wünschen, dass sie ihn manchmal in seine Schranken weist." Sie beruhigte sich etwas. „Aber ich nehme an, dass sie damit ihr Leben aufs Spiel setzen würde."

Lena schwieg einen Augenblick, während ihr schneller Verstand den nächsten Gedanken fasste. Sie war plötzlich aufgeregt. Qui-Gon fragte sich, ob sie sich darüber freute, nicht entdeckt worden zu sein oder darüber, ihre Schwiegermutter wiedergesehen zu haben.

„Ist das nicht großartig?", fragte sie vielleicht etwas zu begeistert. „Zanita wird uns helfen. Ich wusste, dass sie es tun würde. Eine Frau versteht sofort, dass die Gewalt von Kriminellen immer nur zu Zerstörung und Hass führen kann."

Qui-Gon musste unwillkürlich an Jenna Zan Arbor denken. Die Wissenschaftlerin hatte furchtbare Experimente an lebenden Wesen durchgeführt – einschließlich seiner selbst. Er kannte viele Frauen, die ein kriminelles Leben voller Gewalt geführt hatten. Doch er sagte nichts.

„Wie auch immer, ich bin sehr erleichtert. Das Treffen hätte nicht besser verlaufen können."

„Es scheint so, als wäre Eure Schwiegermutter bereit, Euch bei Eurer Aussage behilflich zu sein", sagte Qui-Gon. „Lasst uns hoffen, dass sie ihr Wort hält."

Lena nickte und wandte sich wieder den Überwachungsbildschirmen zu. „Wir müssen allerdings hier herauskommen, ohne entdeckt zu werden", sagte sie. Sie sah sich jeden der Schirme nacheinander an und merkte sich genau, wer sich gerade wo im Haus befand. Qui-Gon erkannte, dass sie den besten Zeitpunkt abpassen wollte, um zu gehen.

„Folgt mir", sagte Lena nach einer Weile. Sie öffnete vorsichtig die Tür der Wachstation und spähte in den Korridor. Sie gab den Jedi ein Zeichen und alle gingen hinaus. Da Zanita noch immer mit Juno im Küchenbereich war, gingen sie durch einen anderen, kaum benutzten Eingang an der Seite des Anwesens.

Als sie nach draußen gingen, dachte Qui-Gon über die Cobral-Familie nach. Oberflächlich betrachtet, wirkten sie wie eine ganz normale Familie – eng miteinander verbunden und liebevoll im Umgang, aber nicht ohne Spannungen. Unter der Oberfläche jedoch schien es düstere Verbindungen zu geben. Da war Angst. Und vielleicht sogar Hass.

Natürlich überraschte Qui-Gon das nicht unbedingt. Eine Familie, die einen Planeten mit Korruption und Gewalt regierte, musste durch ein finsteres Netz verbunden sein.

Abgelenkt von seinen eigenen Gedanken, spürte Qui-Gon die Gefahr nicht, die ganz in der Nähe lauerte. Obi-Wan war es, der zuerst schrie.

„Passt auf!", rief er und stieß Lena und Qui-Gon von ihrem Landgleiter weg.

Als die Drei sich auf den Boden warfen, schlug genau dort eine riesige Metallstatue ein, wo sie gerade noch gestanden hatten. Sie verfehlte sie nur um wenige Zentimeter und traf den Vorderteil ihres Landgleiters.

Ihr Fahrzeug war zerstört. Und um ein Haar wären sie alle tot gewesen.

Kapitel 6

Die Jedi und Lena lagen noch immer auf dem Boden, als Zanita und Juno aus der Küchentür kamen. Qui-Gon spürte, wie sich Lena beim Anblick des Küchenhelfers anspannte und einen Moment sah Juno sie mit stechendem Blick an. Doch dann schaute er sie besorgt an.

„Alles in Ordnung?", fragte er und reichte ihr eine Hand, um ihr aufzuhelfen.

Lena kam allein auf die Beine und strich über ihre Kleidung. „Mir geht es gut", sagte sie barsch. Sie schaute sich um, um zu festzustellen, ob sich jemand näherte. Es war klug gewesen, den Gleiter auf der gegenüberliegenden Seite des Traktes zu parken, in dem sich die Gesellschaftsräume befanden.

Qui-Gon war von Lenas Haltung beeindruckt. Und er musste seinen Padawan nicht einmal ansehen, um zu wissen, dass es dem genau so ging.

Zanitas Wickelturban hatte sich gelöst und die alte

Dame schien etwas außer Atem zu sein. Doch es schien sie nicht zu überraschen, dass Lena mit zwei unbekannten Begleitern zu ihrem Haus gekommen war.

„Wir müssen den Sockel dieser Statue verstärken", sagte Juno und blickte auf die riesige Metallskulptur auf dem Boden. „Sie steht ziemlich unsicher."

„Ziemlich", wiederholte Qui-Gon mit einem Stirnrunzeln.

„Zanita, erinnerst du dich an Obi-Wan Kenobi und Qui-Gon Jinn?", fragte Lena und sah ihre Schwiegermutter mit leicht hochgezogenen Augenbrauen an. „Sie sind Freunde von mir."

Qui-Gon wusste instinktiv, was Lena gerade tat: Sie wollte verhindern, dass ihre Schwiegermutter in Junos Gegenwart zu erkennen gab, dass sie die beiden Jedi noch nie zuvor gesehen hatte.

„Aber sicher", gab Zanita unbeschwert zurück. „Wie schön, Euch wiederzusehen."

Qui-Gon lächelte mit einer Höflichkeit, die er nicht empfand. „Ich freue mich auch, Euch wiederzusehen", sagte er und hielt gemäß der freganischen Gepflogenheiten einen Augenblick ihre Hand fest.

Juno schien es nicht zu passen, dass er die Jedi nicht kannte. Er räusperte sich laut und ging auf die Gruppe zu. „Ihr müsst hineinkommen und Euch ausruhen", erklärte er. „Wir haben einen Medi-Droiden, der

Euch untersuchen und feststellen kann, ob Ihr verletzt seid."

Qui-Gon versuchte, unbeteiligt dreinzublicken, als ihm klar wurde, dass eine Familie wie die Cobrals wahrscheinlich einen eigenen Medi-Droiden *brauchte*. Aber etwas an Junos Angebot war eigenartig. Qui-Gon war sich ziemlich sicher, dass es dem Diener – trotz seiner besorgten Miene – um etwas anderes ging als ihr Wohlergehen. Vielleicht wollte er sie aus einem anderen Grund wieder ins Haus bringen.

„Das wird sicher nicht nötig sein", bemerkte Zanita spitz. „Lena und ihre Freunde wollten gerade gehen." Sie sah sich unauffällig um. Nach der Begegnung mit ihrem Sohn in der Bibliothek musste sie der Vorschlag, ins Haus zu gehen – oder die Möglichkeit, dass jemand herauskam – nervös machen.

„Du kannst dir einen Landgleiter leihen, Lena", sagte Zanita. „Das ist das Mindeste, was ich für Euch tun kann."

Lena lächelte ihre Schwiegermutter an. „Danke, Zanita, das ist sehr freundlich von dir", sagte sie.

Juno sah Lena böse an und ging dann in Richtung des Fuhrparks.

„Lena weiß, wo die Landgleiter untergebracht sind, Juno", sagte Zanita. „Und sie kann sich einen meiner Gleiter nehmen. Du musst es ihr nicht zeigen."

Juno sah noch böser drein, sagte aber nichts.

„Wir sollten wieder hineingehen“, meinte Zanita fröhlich, als Juno stehen geblieben war. „Wir müssen uns um unsere Gäste kümmern.“

Juno drehte sich mit einem letzten Blick auf die drei Besucher um und folgte seiner Chefin ins Haus.

„Noch einer, der der Familie nahe steht“, flüsterte Lena mit einem leichten Schaudern. „Rutin mochte Juno nie. Und mir ist er unheimlich.“ Sie warf einen Blick auf die Tür, durch die Juno und Zanita gerade verschwunden waren. Dann drehte sie sich um und ging zu dem Hangar, in dem die Fahrzeuge standen. „Lasst uns hier verschwinden, bevor noch mehr passiert.“

Ein paar Minuten später waren Lena und die Jedi auf dem Weg zurück in die Stadt.

„Es war nett von Zanita, uns ihren Gleiter anzubieten“, sagte Obi-Wan vom Vordersitz.

„Sehr nett“, gab Lena zurück. Doch dann schwieg sie. Sie schien auf einmal sehr damit beschäftigt zu sein, den Gleiter zu steuern.

Qui-Gon, der wieder hinten saß, dachte erneut über die Ereignisse der letzten Stunden nach. Obwohl er es nicht laut zugeben wollte, hatte er das Gefühl, im Dunkeln zu tappen. Er konnte nicht einschätzen, ob Lena und Zanita ehrlich gewesen waren – weder miteinander noch ihm und Obi-Wan gegenüber.

Qui-Gon seufzte. Zum millionsten Mal wünschte er sich, dass Tahl noch lebte. Abgesehen von dem Verlust, den er verspürte, wusste er, dass ihre scharfe Wahrnehmung und ihre Intuition die Wahrheit schnell ans Tageslicht gebracht hätten. Sie hätte sich nicht von diesen Frauen täuschen lassen, die so gefasst und besonnen wirkten. Sie hätte ihre wahren Ziele und Beweggründe durchschaut.

Qui-Gon senkte den Kopf und versuchte, den Schmerz über Tahls Verlust durch sich hindurch und davonfließen zu lassen. War es nicht das, was Yoda ihm gesagt hatte? Und hatte er selbst es nicht immer wieder seinem Padawan gesagt?

Gestatte dir, die Emotionen zu fühlen und dann lasse sie los. Qui-Gon konzentrierte sich auf die Worte. Er spürte, wie der Schmerz in ihm aufbrandete und er hatte das Gefühl, dieser Schmerz würde ihn zerbrechen, ihn in Stücke zerreißen. Dann versuchte er mit jeder Faser seines Körpers, den Schmerz loszulassen.

Doch es gelang ihm nicht.

Qui-Gon öffnete die Augen. Er hatte Kopfschmerzen. Es war immer dasselbe. Er spürte den unglaublichen Schmerz und dann eine endlose Leere. Doch der Schmerz verschwand niemals. Er höhlte ihn aus, verließ ihn aber niemals.

Kapitel 7

Obi-Wan schwieg, als der Gleiter durch die Stadt fuhr. Er spürte die melancholische Stimmung seines Meisters und Lena konzentrierte sich darauf, den Gleiter zu steuern. Sie fuhr geschickt durch die Straßen der Stadt und Obi-Wan war einmal mehr beeindruckt, wie gefasst zu sein sie schien. Vor nicht einmal einer halben Stunde waren sie beinahe getötet worden. Doch sie schien die Erinnerung mit derselben Leichtigkeit weggewischt zu haben wie Krümel von einem Tisch.

Obi-Wan hatte angenommen, dass sie zu Lenas Versteck in dem Lagerhaus zurückkehren würden. Stattdessen fuhr sie zu ihrem durchwühlten Apartment, nachdem sie sich vergewissert hatte, dass sie nicht verfolgt wurden. Obi-Wan überlegte, ob er sie fragen sollte, weshalb sie das tat; er schwieg jedoch. Er ging davon aus, dass Lena wusste, was sie tat.

Lena parkte den Landgleiter ein paar hundert Meter

von dem Gebäude entfernt. Sie gingen vorsichtig näher und fanden nur eine Wache vor dem Turbolift vor. Der Mann döste. Sie huschten schnell an ihm vorbei, stiegen in den Lift und fuhren zur obersten Etage. Als sie in ihrer Wohnung angekommen waren, ging Lena schnell durch alle Zimmer. Die Jedi folgten ihr.

Qui-Gon sagte zwar nichts, blieb aber immer auf der Hut. Obi-Wan war einen Augenblick frustriert, als ihm klar wurde, dass sein Meister weniger im Dunkeln tappte als er. Trotz seiner depressiven Stimmung schien Qui-Gon genau zu wissen, was vor sich ging.

Es fiel Obi-Wan nicht leicht, mit den beiden Schritt zu halten. Lena führte sie durch den geheimen Ausgang, den sie schon einmal benutzt hatten, dann ging es eine Treppe nach der anderen hinunter. Lena wurde nicht langsamer, als sie die Gasse wieder erreicht hatten. Sie lief einige Blocks weiter und bog hier und da ab. Schließlich winkte sie ein Lufttaxi heran und sie stiegen ein.

Obi-Wan ließ sich erleichtert in den Sitz fallen. Er war froh, nicht mehr hinter Lena und seinem Meister herlaufen zu müssen. „Wurden wir verfolgt?“, fragte er. Das wäre eine logische Erklärung für Lenas Aktionen gewesen.

„Nicht dass ich wüsste“, sagte Lena in einem eigenartigen Tonfall. Sie klang beinahe fröhlich, so als wäre der

Gedanke komisch. „Zanita ist wirklich eine wunderbare Frau. Ich bin froh, sie zu kennen."

Obi-Wan fand es etwas eigenartig, dass sie über ihre Schwiegermutter sprach, als wäre sie nur eine entfernte Bekannte und keine Verwandte. Doch auch jetzt schwieg er. Was wusste er schon über Familienbande?

Lena wies den Taxifahrer an, sie ein paar Blocks vom Lagerhaus entfernt abzusetzen. Als sie wieder zu Fuß unterwegs waren, entspannte sie sich ein wenig. Einen Augenblick später griff sie nach Obi-Wans Arm.

„Tut mir Leid", sagte sie und schaute ihm in die Augen. Obi-Wan versuchte, das Gefühl zu unterdrücken, das ihn überkam, als sie ihn so anschaute.

„Ich konnte im Taxi nicht reden", erklärte sie ihm. „Wegen des Kollektivs der Lufttaxifahrer. Sie sind alle Cobral-Anhänger. Und was Zanitas Fahrzeug angeht, so sind mit Sicherheit zahlreiche Überwachungseinrichtungen eingebaut, von denen Zanita vermutlich nicht einmal etwas weiß."

Obi-Wan nickte und Lena drehte sich um und ging los. Sie sprach leise weiter, sodass Obi-Wan und Qui-Gon sie gerade noch verstehen konnten.

„Dass die Statue umstürzte, war kein Unfall. Ich bin mir sicher, dass der Sockel vollkommen stabil war, ganz gleich was Juno sagt. Auf dem Anwesen gibt es mehrere Fallen – die Cobrals bezeichnen sie als Sicherheitseinrichtungen. Sie sagen, sie müssen ihr Eigentum schützen."

„Was glaubt Ihr, hat den Sturz ausgelöst?", fragte Qui-Gon. Er sprach zum ersten Mal, seitdem sie das Anwesen der Cobrals verlassen hatten.

„Ich weiß es nicht", gab Lena zurück. „Die Cobrals haben viele Verbündete – bezahlte und unbezahlte. Obwohl Juno eigentlich Zanitas Diener ist, arbeitet er in erster Linie für Solan. Ich bin mir sicher, dass er eine beträchtliche Belohnung bekommen würde, wenn es gelänge, mich umzubringen."

Die Drei gingen nachdenklich durch die Straßen wieder in Richtung des Lagerhauses.

Im Wohnraum lief Mica ungeduldig hin und her. Ein mittelgroßes Paket lag auf einem niedrigen Tisch.

„Das kam hier an, während du unterwegs warst", sagte Mica. Sie hob das Päckchen auf und warf es ihrer Kusine zu. Sie schien aufgewühlt zu sein.

Lena fing das Päckchen und drehte es in den Händen. Es war in dünnes, graues Packpapier eingewickelt. Es stand nichts darauf außer ihrem Namen in Blockbuchstaben. LENA COBRAL.

Kapitel 8

„Rutin", sagte Lena und starrte das Paket an. Sie strich mit den Fingern über ihren Namenszug. „Das ist Rutins Handschrift", erklärte sie und sah zu den Jedi auf. „Ich würde sie unter tausenden wiedererkennen."

Qui-Gon schaute das Päckchen an. Er war sich recht sicher, dass es sich um eine Falle handelte. Rutin war doch tot, oder nicht?

„Ich würde mir das gern einmal näher ansehen", sagte er und trat einen Schritt vor. „Ich möchte sicher sein, dass es nicht gefährlich ist, bevor Ihr es öffnet."

Lena runzelte die Stirn. „Rutin würde mich niemals in Gefahr bringen", sagte sie voller Überzeugung.

Qui-Gon hob eine Augenbraue. Nach allem, was er wusste, hatte Rutin sie in große Gefahr gebracht. Aber es war wohl nicht sinnvoll, Lena jetzt daran zu erinnern.

„Es könnte eine Falle sein", sagte Qui-Gon geradeheraus.

Lena sah Qui-Gon überrascht an. Vielleicht, so nahm der große Jedi an, dachte sie, dass er ihr Rutins letztes Geschenk wegnehmen wollte. Doch sie gab ihm das Paket.

Qui-Gon schloss die Augen und hielt es einen Moment in den Händen. Als er die Augen wieder öffnete, gab er Lena das Paket zurück.

„Ich spüre keine unmittelbare Gefahr", sagte er. Aber er war nicht überzeugt, dass das Paket von Rutin kam oder es ihnen helfen würde, Beweise gegen die Cobrals zu finden. Er war von gar nichts überzeugt.

Lena legte das Paket auf den Tisch und öffnete es mit einer kleinen Klinge. Sie holte den Inhalt heraus und legte alles auf den Tisch: Ein Paar schwarze Stiefel, ein durchsichtiges Röhrchen mit Erde … Lenas Gesicht wurde immer länger, als sie den Inhalt des Pakets betrachtete. „Das ergibt alles gar keinen Sinn", murmelte sie.

„Ich werde uns etwas zu essen bereiten", sagte Mica und wandte sich zum Gehen.

„Gute Idee, Mica", sagte Lena. „Ich bin ziemlich hungrig."

Als Mica den Raum verlassen hatte, setzte sich Qui-Gon neben Lena an den Tisch. Er fragte sich, was die beiden Frauen antrieb, doch vielleicht würde er es herausfinden, wenn er eine nach der anderen getrennt befragte. „Hattet Ihr jemals Besuch in diesem Lagerhaus?", fragte er ohne Umschweife.

Lena wandte ihre Aufmerksamkeit von dem Paket ab. „Nein, warum fragt Ihr?“, entgegnete sie und schüttelte den Kopf.

Qui-Gon antwortete nicht, sondern stellte die nächste Frage. „Habt Ihr jemals zuvor mysteriöse Pakete bekommen?“

Lena schüttelte wieder den Kopf. „Nein, natürlich nicht. Ich hätte es Euch gesagt.“

„Ich bin froh, das zu hören“, sagte Qui-Gon. Er war sich allerdings schon wieder nicht sicher, ob er ihr glauben konnte.

Die nächste Frage war vielleicht die wichtigste. „Ist Mica die Einzige, die diesen Ort kennt?“, fragte er leise.

Lena hob schnell den Kopf. Sie runzelte die Stirn.

„Ich werde schauen, ob Mica in der Küche Hilfe brauchen kann“, sagte Obi-Wan schnell.

Qui-Gon nickte seinem Padawan kurz zu. Doch er wandte seinen Blick nicht von Lena.

Lena, die noch immer die Stirn runzelte, stand auf. „Ja, Mica ist neben Euch und Obi-Wan die Einzige, die dieses Versteck kennt“, sagte sie kühl. Sie drehte sich zu Qui-Gon um und stützte die Hände in die Hüften. „Aber Ihr solltet nicht die Loyalität meiner Kusine anzweifeln. Mica und ich sind zusammen aufgewachsen. Wir sind wie Schwestern. Und sie steckt nicht mit den Cobrals unter einer Decke.“

Lena ging quer durch das Zimmer, seufzte laut, kam zurück und setzte sich neben Qui-Gon. „Ich mag nicht einmal in ihrer Gegenwart über die Cobrals sprechen", sagte sie langsam. „Als sehr kleines Mädchen war sie Zeugin, wie ihre Mutter ermordet wurde. Die Erinnerung daran ist noch immer furchtbar schmerzhaft für sie."

„Waren die Cobrals für den Tod ihrer Mutter verantwortlich?", fragte Qui-Gon.

Lena nickte traurig. „Sie haben sie kaltblütig ermordet. Mica war erst sieben Jahre alt und musste alles mit ansehen. Es war ein gewaltiger Verlust für sie – und vielleicht ein noch größeres Trauma. Sie ist niemals darüber hinweggekommen."

Qui-Gon schwieg.

„Auf Frego ist alles furchtbar kompliziert", sagte Lena mit einem tiefen Seufzer. „Aber ich werde dennoch versuchen, es zu erklären. Wie ich schon sagte, haben die Cobrals viele Verbündete auf Frego. Die Regierung hat die Bevölkerung jahrhundertelang schlecht behandelt. Die Steuern waren hoch und es gab praktisch keinerlei staatliche Leistungen. Die Freganer arbeiteten hart, aber ihr Geld wurde ihnen abgenommen.

Die Cobral-Familie hat das alles geändert. Es ist zwar richtig, dass sie ihr Vermögen mit dem Verkauf von Drogen und Waffen machte und einen üblen Ruf hatte, doch sie setzte ihre Macht ein, um die Regierung dazu zu bringen, dem Volk wenigstens die einfachsten Dienste zur Verfügung zu stellen. Sie senkte sogar die Steuern und erhöhte die Löhne."

„Was das Leben für das Volk einfacher machte", sagte Qui-Gon. Er hatte Planeten mit ähnlichen Geschichten gesehen. Eine korrupte Macht stürzte eine ungerechte Regierung und sorgte für Veränderungen. Doch die Mittel, mit deren Hilfe diese Veränderungen erreicht wurden, schufen wieder Schlechtes.

„Heute gibt die Regierung zu, dass sie früher falsch gehandelt hat", fuhr Lena fort. „Dass sie das Volk ungerecht behandelt hat. Und viele Politiker bereuen es, dass sie jetzt unter der Kontrolle der Cobrals arbeiten müssen. Sie wollen alles bei ihrem Volk wieder gutmachen. Zumindest einige von ihnen. Manche hingegen scheinen zwar großherzig zu sein, sind aber korrupt bis auf die Knochen."

„Ich sehe, dass die Cobrals die Lage doch stark komplizieren", kommentierte Qui-Gon. „Für jeden, wie es scheint."

„Niemand ist ehrlich. Es gibt keine Sicherheit", sagte Lena. „Wir sind der Willkür ausgesetzt, Gesetze bedeuten nichts. Deswegen muss die Gewalt auch aufhören. Ich weiß, dass es einen besseren Weg gibt und ich möchte Frego eine Chance für einen Neubeginn geben – die Chance für einen Neubeginn, die Rutin und ich nicht hatten."

Tränen stiegen in Lenas Augen und zum ersten Mal empfand Qui-Gon so etwas wie Sympathie für sie. Er verstand, wie sie sich fühlte. Auch er und Tahl hatten niemals die Chance für einen Neubeginn gehabt.

Lena wischte sich über die Wange. „Es gibt ein paar Politiker, die ebenfalls neue Wege für die Zukunft beschreiten wollen. Und manche Leute würden gern eine neue Regierung bilden. Aber es gibt eben viele andere, die glauben, sie stünden tief in der Schuld der Cobrals, weil die ihr Leben verbessert haben."

Lena starrte traurig auf das Paket und die Stiefel auf dem Tisch. „Es scheint, als könnte sich niemand befreien."

„Aber vertraut Ihr Eurer Kusine blind?", fragte Qui-Gon, um auf den Kern der Frage zurückzukommen.

Lena sah Qui-Gon direkt an. „Ja. Wie ich schon sagte: Sie ist wie eine Schwester für mich. Mica will unbedingt den Mord an ihrer Mutter rächen und die Korruption beenden. Vielleicht mehr als sonst jemand."

Qui-Gon merkte nicht an, dass Rutin und Solan Brüder waren. Stattdessen holte er tief Luft und atmete langsam wieder aus.

„Ich fürchte, Mica könnte Euren Aufenthaltsort verraten haben", sagte er. „Oder jemand anderes hat ihn von allein herausgefunden."

Kapitel 9

Obi-Wan betrat die Küche und war nicht allzu überrascht, sie leer vorzufinden. Er ging wieder hinaus in den Gang und fand in einem der provisorischen Schlafräume einen Turbolift. Eine Sekunde später spürte er, wie eine Erschütterung das Gebäude durchlief. Mica wollte davonlaufen.

Obi-Wan sprang in den Turboliftschacht und landete behände auf dem Dach der Liftkabine, als diese gerade anhielt. Er aktivierte sein Lichtschwert, schnitt ein Loch in das Metall und sprang noch ein zweites Mal. Doch der Lift war bereits leer. Er hörte das Echo von Micas entfernten Schritten, als sie zur Tür lief.

Obi-Wan wusste, dass er ihr eigentlich folgen müsste, denn so würden sie vielleicht Informationen erhalten können, die für die Mission – und für Lena – von zentraler Bedeutung waren. Aber was wäre, wenn Mica darauf angesetzt war, ihrer Kusine zu schaden? Was wäre, wenn Micas Handlungen Lena in noch größere Gefahr brachten?

Das durfte er nicht riskieren. Er musste mit Mica reden. Jetzt. Es dauerte nicht lange, bis Obi-Wan das Mädchen eingeholt hatte. Als er ihren Arm ergriff, wurde ihm schlagartig der Zorn bewusst, der in ihm hochkochte. Ihm wurde klar, dass er wütend war, weil Mica Lenas Sicherheit gefährdete.

Obi-Wan beruhigte sich. Er wollte, dass der Zorn durch ihn hindurchfloss, bevor er zu sprechen begann. Doch als er Micas Gesicht sah, war seine Wut verflogen. Das Mädchen war offensichtlich verzweifelt.

„Wohin wollt Ihr?", fragte Obi-Wan. Er versuchte, nicht allzu streng zu klingen.

Mica schien ängstlich zu sein. „Ich ... ich wollte ...", sagte sie blinzelnd. Sie hatte Tränen in den Augen. „Ich muss weg", beendete sie flüsternd ihren Satz.

„Nicht bevor Ihr mir erklärt habt, was hier vor sich geht", sagte Obi-Wan. Er sah in einer Ecke ein paar große Kisten stehen und führte sie hinüber. Er setzte Mica auf eine davon und nahm selbst Platz.

„Es ist an der Zeit, dass Ihr die Wahrheit sagt", erklärte er. „Wenn Euch Lena wirklich so wichtig ist, dann müsst Ihr es tun."

Mica sah zu Boden. Ein paar Minuten lang schwieg sie. Dann begann sie zu reden. „Die Cobrals sind schrecklich“, sagte sie. „Sie tun furchtbare, böse Dinge. Aber ich glaube nicht, dass Lena – oder sonst irgendjemand – sie stürzen kann. Rutin hat es versucht und jetzt ist er tot. Von der eigenen Familie umgebracht. Meine Mutter wurde ebenfalls von den Cobrals ermordet.“

Mica schluchzte und sie wischte sich die Augen trocken. „Natürlich will ich ihren Tod rächen. Und ich weiß, dass sie nicht die Einzige war, die getötet wurde. Auch andere haben Angehörige verloren. Ich will, dass die Mörder endlich für ihre Verbrechen bestraft werden. Aber wenn ich ihnen nachstelle, werde ich möglicherweise auch getötet. Und Lena vielleicht auch. Sie haben keine Skrupel, jemanden zu töten. Nicht einmal innerhalb ihrer eigenen Familie.“

Obi-Wan nickte. „Ich kann Euch nicht sagen, ob Ihr auf dem falschen Weg seid“, sagte Obi-Wan. „Aber die Cobrals haben Frego in einer bösen Falle aus Gewalt und Kriminalität gefangen. Lena hat die Chance, diese Falle – und jene, die sie geschaffen haben – für immer zu zerstören. Sie ist willens, dieses Risiko einzugehen.“

Mica nickte. „Ich weiß. Lena ist eine Heldin. Sie denkt nicht an ihr eigenes Leben, nur an Frego und sein Volk. Und ich bin nur ein Feigling. Ich habe mich schuldig gemacht, ihre Pläne zu behindern.“

Obi-Wan nickte wieder. Er war zum zweiten Mal überrascht, dass er nicht mehr zornig auf Mica war. Er wusste, dass Mica Lena verraten hatte, war aber auch erleichtert, dass sie sich deshalb schuldig fühlte. „Inwiefern habt Ihr ihre Pläne behindert?", fragte er nur.

„Ich wollte die Verhandlung verhindern", erklärte Mica. „Sie war zu gefährlich. Also überredete ich Lena, noch zu warten, bevor sie mit ihrem Plan fortfuhr. Dann bin ich in ihr Apartment eingebrochen und habe alle Daten gelöscht. Ich hatte angenommen, dass Lena aufgeben würde, wenn es die Beweise nicht mehr gab. Und dass die Cobrals sie dann in Ruhe lassen würden. Dass sie sicher wäre. Ich hatte natürlich nicht erwartet, die bezahlten Schläger in ihrem Apartment vorzufinden."

„Schläger?", wiederholte Obi-Wan.

Mica nickte. „Sie waren schwer bewaffnet und durchwühlten die Wohnung. Zuerst dachte ich, dass es nur Einbrecher waren, die Juwelen und Gold suchten. Lena und Rutin besaßen viele wertvolle Sachen."

Sie schwieg einen Moment, bevor sie fortfuhr. „Doch dann wurde mir klar, dass sie nach etwas Bestimmtem suchten."

„Habt Ihr erkennen können, wie sie aussahen?", fragte Obi-Wan.

„Nein", sagte Mica. „Sie flohen, als sie mich sahen. Das Schlafzimmer blieb unangetastet. Ich konnte nur noch ihre Rücken sehen, als sie über den Balkon kletterten. Ich habe nicht versucht, sie mir genauer anzuschauen, weil ich nicht gesehen werden wollte. Ich weiß nur, dass sie zu zweit waren – zwei Männer. Einer war recht groß und gelenkig. Der andere war klein und hatte eine Glatze."

„Nicht viel, um nachzuforschen", grübelte Obi-Wan.

„Ich bin mir sicher, dass sie von den Cobrals angeheuert wurden", sagte Mica.

Jetzt, wo sie sich ihm anvertraut hatte, hatte Obi-Wan Mica gegenüber ein besseres Gefühl. Aber da war noch immer eine Frage, die ihn beschäftigte: „Ich verstehe, weshalb Ihr die Computer-Daten löschen wolltet. Aber warum habt Ihr die Drohung auf dem Bildschirm zurückgelassen?"

Mica blickte überrascht auf. „Welche Drohung?", fragte sie. „Ich habe keine Drohung hinterlassen." Sie hielt einen Moment inne. Dann, als ob sie Obi-Wans Gedanken lesen könnte, sagte sie: „Und ich habe auch niemandem gesagt, wo Lena sich versteckt."

Kapitel 10

Lena sah Qui-Gon ungläubig an. Der Jedi spürte, dass Lena nicht glaubte, Mica hätte ihren Aufenthaltsort verraten. Doch das Paket auf dem Tisch bedeutete, dass es möglicherweise irgendjemand getan hatte. Der seltsame Inhalt war nicht gefährlich – dafür aber das Wissen über Lenas Versteck. Vor allem, wenn es in den falschen Händen war.

„Ich muss mit Obi-Wan reden", sagte Qui-Gon und stand auf.

Er fühlte sich erschöpft, als er zur Küche ging. Diese Routine-Mission schien schwieriger zu werden, als er erwartet hatte. Er spürte die Täuschung, doch konnte dieses Gefühl nicht einordnen. Er konnte nicht sagen, wer getäuscht wurde. Oder von wem. Und er verstand nicht, weshalb Lena ihre Kusine so vehement in Schutz nahm. Sie hatte offensichtlich auf eine sehr schmerzhafte Weise erfahren müssen, dass Familienbande nicht davor bewahrten, hintergangen oder gar getötet zu werden.

Die Küche war leer. Qui-Gon folgte seinem Instinkt und ging die Treppe hinunter. Auf halbem Weg nach unten traf er Obi-Wan und eine bedrückte Mica, die die Treppe heraufkamen.

„Die Beweise gibt es nicht mehr“, platzte es aus Obi-Wan hervor. „Mica hat sie gelöscht.“

„Gelöscht oder gestohlen?“, fragte Qui-Gon und schaute Mica eindringlich an.

„Gelöscht!“, stieß Mica empört hervor. „Ich bereichere mich nicht durch das Unglück anderer, erst recht nicht durch Lenas.“ Ihre Stimme wurde wieder etwas sanfter, als sie von ihrer Kusine sprach. „Ich wollte sie nur beschützen. Um all dies zu beenden.“ Mica ließ den Kopf hängen, als die Jedi sie wieder die Treppe hochbrachten. Sie wusste, dass es offensichtlich an der Zeit war, Lena über ihre Taten zu berichten.

Obwohl es ihr offensichtlich Leid tat, spürte Qui-Gon, dass sie kein schlechtes Gewissen hatte. Sie versuchte nicht, sie zu täuschen. Er war erleichtert, dass zumindest einer es *nicht* tat.

„Obi-Wan“, sagte Qui-Gon und bedeutete damit seinem Padawan, am oberen Treppenabsatz stehen zu bleiben. Mica ging weiter. „Wir müssen vorsichtig sein. Bei unserer Zeugin ist nicht alles so, wie es scheint. Auf diesem Planeten wird eher gelogen als die Wahrheit gesagt."

Als Obi-Wan den Blick hob, um seinen Meister anzusehen, sah Qui-Gon kurz eine Spur von Zorn aufflammen.

„Lena hat edle Motive", sagte Obi-Wan ruhig. „Sie kämpft für Gerechtigkeit. Eure Zweifel werden ihr nicht helfen."

Qui-Gon konnte ein leichtes Lächeln nicht unterdrücken. Obi-Wan dachte, Qui-Gon hätte Lena beleidigt und war deswegen aufgebracht – und bereit, sie zu verteidigen. Das bestätigte, was Qui-Gon angenommen hatte: dass Obi-Wan von Lena angetan war. Er hätte früher auf seine Zweifel hinweisen und versuchen müssen, den Jungen zu warnen. Höchstwahrscheinlich würde sein Padawan zutiefst verletzt werden.

„Du bist in sie vernarrt, Obi-Wan", sagte Qui-Gon. „Achte darauf, dich nicht von deinen Gefühlen leiten zu lassen."

„Ich bin ...", begann Obi-Wan. Er schüttelte den Kopf und versuchte, seine Stimme zu kontrollieren. „Ich bin nicht vernarrt. Lenas Motive sind nobel."

„Die Motive, die sie uns verraten hat, sind nobel, aber es könnte auch noch andere geben. Denk nur daran, was sie aufgibt. Sie wird vielleicht nie mehr so leben, wie sie es gewohnt war. Sie hat die Nähe zu den Cobrals nach Rutins Tod verloren und ist in Gefahr, ausgestoßen zu werden. Nicht nur von ihrer Familie, sondern auch von Frego. Hältst du es nicht für möglich, dass sie Beweise sucht, mit denen sie etwas aushandeln kann?"

Obi-Wan ließ nicht erkennen, ob er Qui-Gon zustimmte. „Wir werden sehen", sagte er, drehte sich um und ging die Treppe hoch.

Qui-Gon ging hinter seinem Padawan in die Wohnung. Mica stand an dem Tisch und starrte auf das leere Paket. Der Inhalt war verschwunden.

„Ich habe ihr gesagt, dass ich die Beweise gelöscht habe", erklärte Mica mit Tränen in den Augen. „Aber ich glaube nicht, dass sie mir überhaupt zugehört hat."

„Wo ist Lena jetzt?", fragte Qui-Gon. Obi-Wan war bereits auf dem Weg zur Treppe.

„Ich weiß es nicht", schluchzte Mica und ließ sich auf eine niedrige Couch fallen. „Sie hat kein Wort gesprochen. Sie hat nur den Inhalt des Pakets genommen und ist weggegangen."

Kapitel 11

„Warte, Obi-Wan“, rief Qui-Gon. Doch Obi-Wan wollte nicht zuhören. Nicht jetzt. Nicht, da Lena allein und in Gefahr war. Doch er blieb am Treppenabsatz stehen.

„Wir haben eine bessere Chance, sie zu finden, wenn wir wüssten, wohin sie gegangen sein könnte“, sagte Qui-Gon. Er setzte sich neben Mica hin. „Wohin könnte sie Eurer Meinung nach gegangen sein?“, fragte er sie.

Obi-Wan blieb am Treppenabsatz stehen. Er wusste, dass er nicht nur ungeduldig war, weil sie Lena finden mussten. Er war ungeduldig mit seinem Meister und ein wenig verwirrt. Es hatte Zeiten gegeben, da hatte er Qui-Gon so gut gekannt, dass er das Gefühl gehabt hatte, sie würden die gleichen Gedanken haben. Sie hatten immer gewusst, wie der andere auf eine Situation reagieren würde, was er dachte und unternehmen würde. Doch das war nicht mehr der Fall.

Und in dem Augenblick, in dem Obi-Wan der Meinung gewesen war, dass Qui-Gon der Mission überhaupt keine Bedeutung mehr zumaß, hatte er wieder das Kommando übernommen. Wenn Qui-Gon Obi-Wan nicht aufgehalten hätte, wäre er jetzt bei Lena und würde wissen, dass sie in Sicherheit wäre. Obi-Wan lehnte sich gegen das Treppengeländer und stieß einen übertriebenen Seufzer aus. Es war jetzt vollkommen sinnlos, Mica zu befragen.

„Also lasst uns gehen", sagte Qui-Gon. Er stand auf und ging auf die Treppe zu. Mica, die noch immer rot verweinte Augen hatte, eilte vor ihm her.

Obi-Wan folgte den beiden. Er war so sehr in seine Gedanken vertieft gewesen, dass er nicht gehört hatte, was die beiden besprochen hatten. Er atmete tief durch, ließ seinen Zorn los und konzentrierte sich auf die vor ihm liegende Aufgabe. Qui-Gon hatte kein Recht, Lena zu misstrauen. Er war bislang zu sehr mit sich selbst beschäftigt gewesen, um überhaupt zu erkennen, wer sie war, und was sie antrieb. Aber wenn sich Qui-Gon auf die Mission konzentrierte – zumindest im Moment – dann konnte Obi-Wan das auch.

Mica machte sich dieses Mal keine besondere Mühe, nicht gesehen zu werden, als sie die beiden Jedi durch die Straßen von Rian führte. Sie verließen die Gassen zwischen den Lagerhäusern und gingen eilig zum Stadtzentrum. Über Qui-Gons Kopf hinweg erblickte Obi-

Wan ein glänzendes durchsichtiges Bauwerk. Es sah aus wie eine riesige Schlange, die sich zwischen den hoch aufragenden Gebäuden schlängelte.

In dem Bauwerk sah Obi-Wan grüne Blätter und sich bewegende Formen. An der Innenseite der runden Stahlglas-Wände floss Wasser herab und ließ das ganze Gebäude wie ein riesiges, mehrstöckiges Gewächshaus aussehen. Obi-Wan konnte zwar nicht erkennen, wo das Bauwerk begann und endete, doch es schien sich über mehrere Kilometer durch die Stadt zu erstrecken.

„Da", sagte Mica völlig außer Atem und zeigte auf eine Tür in dem Bauwerk. „Ich glaube, sie könnte im Park sein."

„Ich hatte auf etwas Kleineres gehofft", sagte Qui-Gon. Obi-Wan konnte nicht erkennen, ob er leicht amüsiert oder wirklich frustriert war.

Obi-Wan holte Mica ein, als sie das Bauwerk betraten. „Weshalb würde sie hierher kommen?", fragte er.

„Dieser Park bedeutet Lena sehr viel", antwortete Mica. „Sie kam oft mit Rutin hierher und sie geht immer in den Park, um nachzudenken."

Die gigantischen ovalen Türflügel öffneten sich und die Drei gingen hinein. Als sich die Tür hinter ihnen wieder schloss, fühlte sich Obi-Wan, als wäre er aus einem Raumschiff auf einem anderen Planeten gestiegen. Hier drinnen war die Luft feucht. Das Geräusch von plätscherndem Wasser und der Klang von Kinderstimmen übertönten den Lärm der Stadt.

Als Obi-Wan nach oben sah, konnte er kaum das Dach über den hoch aufragenden Bäumen sehen. Wege überkreuzten sich überall, führten zu bunt blühenden Blumen oder mäanderten um Bäche und rauschende Wasserfälle. Leute spazierten über Brücken oder gingen durch die Tunnels, die sich überall unter und um die dichte Vegetation wanden. Kleine Tiere flogen durch die Luft und noch kleinere Amphibien bevölkerten die Teiche.

Obi-Wan verstand, dass Lena hierher kommen würde. Es erinnerte ihn an den Saal der Tausend Quellen im Tempel der Jedi. Auch der Saal war ein Rückzugsort und ideal, um nachzudenken.

„Kennt Ihr ihren Lieblingsplatz?“, fragte Qui-Gon.

Mica schüttelte traurig den Kopf. „Ich war nie mit ihr hier. Sie kam immer nur allein oder mit Rutin. Sie könnte überall sein.“

„Dann würde ich vorschlagen, dass wir uns trennen“, sagte Qui-Gon zu Obi-Wan. „Mica kann mit mir kommen.“

Obi-Wan nickte und ging nach links weiter. Er war erleichtert, eine Weile nicht mit Qui-Gon zusammen zu sein. Er brauchte etwas Zeit für sich allein, um nachzudenken.

Sobald er sich von seinem Meister getrennt hatte, musste Obi-Wan an Lena denken. Überall um ihn herum hatten sich Leute in kleinen Gruppen versammelt. Sie aßen, spielten oder lagen im Gras, um sich die Blätter der Bäume anzusehen. Doch Obi-Wan beobachtete sie nur so lange, bis er festgestellt hatte, dass Lena nirgends dabei war.

Könnte es wirklich Zuneigung sein?, fragte sich Obi-Wan. Nachdem er mehrmals tief Atem geholt und seinen Zorn und seine Frustration losgelassen hatte, konnte Obi-Wan es nicht länger leugnen. Qui-Gon hatte wie immer Recht gehabt. Er hatte sich in Lena verliebt. Es war nicht nur ihre Schönheit. Nein, es war mehr als das.

Es war ihre Stärke – die Stärke, die sie aus ihrer Verletzlichkeit gewann – die ihn zu ihr hinzog. Lena war eine trauernde junge Witwe. Sie hatte erst kürzlich ihren geliebten Ehemann verloren. Doch anstatt sich in der Leere zu verlieren, die er hinterlassen hatte, schöpfte sie neue Kraft daraus. Sie ertrank nicht in der Leere und sie weigerte sich nicht – wie Qui-Gon es tat – über den Verlust zu sprechen.

Obi-Wans Gedanken wanderten zu seinem Meister. Er schüttelte den Kopf, als er über eine steile Brücke ging, die über einen Wasserfall führte. Vielleicht war die Bindung zwischen ihnen nicht so stark gestört, wie Obi-Wan dachte. Wie auch immer er es betrachtete, er konnte nicht leugnen, dass Qui-Gon seine Gefühle für Lena erkannt hatte, noch bevor sie ihm selbst klar geworden waren.

Wie kann er so sicher die Gefühle anderer erkennen, wenn er seine eigenen Gefühle nicht in den Griff zu bekommen scheint?, fragte sich Obi-Wan.

„*Mit der Zeit*", würde Meister Yoda sagen. „*Mit der Zeit alle geheilt werden.*"

Obi-Wan spürte, wie neue Energie ihn durchströmte, als er alles losließ, was ihn bedrückt hatte. Er war gefährdet gewesen, sich von seinen eigenen Gefühlen blenden zu lassen. Doch jetzt fühlte er sich sicherer.

Und doch war Obi-Wan nicht der Meinung, dass sein Meister in *allen* Punkten Recht hatte. Er ging etwas schneller und suchte Lena im Park. Obi-Wans Entschluss, Lena helfen zu wollen, war jetzt stärker als je zuvor. Ganz gleich, ob seine Urteilsfähigkeit von Zuneigung getrübt gewesen war oder nicht – er wusste, dass Lena auf der richtigen Seite stand.

Zum ersten Mal seit Stunden war Obi-Wan sich sicher. Und mehr denn je wusste er, dass Lena das Richtige tat. Sie kämpfte für Frieden und Gerechtigkeit – und nicht für sich selbst. Sie kämpfte für ihren Planeten. Und es war seine Pflicht als Jedi, ihr dabei zu helfen.

Während sich dieser Gedanke in seinem Kopf festigte, begann ein neuer wie eine dunkle Wolke darüber zu schweben.

Die Zeit lief ihnen davon.

Kapitel 12

Qui-Gon zog seinen Comlink vom Gürtel. Er wollte ihn gerade aktivieren und Obi-Wan rufen, als sein Padawan ihm auf einem der Wege entgegenlief.

„Da ist er", sagte Mica einen Augenblick später. Sie drehte den Kopf, um zu sehen, was Qui-Gon bereits wusste: dass Lena nicht bei ihm war. Die Drei hatten den größten Teil des Parks durchsucht, aber Lena nirgendwo gefunden.

Mica und die Jedi verließen den Park und gingen schweigend zum verlassenen Lagerhaus zurück. Qui-Gon versuchte zu erspüren, ob Lena in Gefahr oder überhaupt noch am Leben war. Doch er spürte nichts.

Im dämmrigen Abendlicht erschien das Versteck weniger einladend als es noch am Morgen gewesen war. Qui-Gon ging vor den anderen in den Raum und sah sofort eine Gestalt in der Dunkelheit auf der Couch sitzen.

Er aktivierte blitzartig sein Lichtschwert. Seine grüne

Klinge tauchte den Raum in ein seltsames Licht und ließ Lenas Augen glänzen. Qui-Gon schaltete sein Schwert schnell ab, als Obi-Wan und Mica zur Tür hereinkamen.

„Lena!“, rief Mica beim Anblick ihrer Kusine. Sie lief zu ihr und sank vor der Couch auf die Knie. „Lena, wir haben uns solche Sorgen gemacht. Wo warst du?“

„Es tut mir Leid, dass ich weggelaufen bin“, sagte Lena und sah von einer Person zur nächsten. „Ich wollte Euch keine Sorgen machen, aber ich musste sicher sein, dass das Paket von Rutin war. Ich musste wissen ...“ Lena verstummte.

Mica stand auf und schaltete das Licht an. Auf dem Tisch lag der Inhalt des Pakets neben der Verpackung: das Paar wasserdichte Stiefel, die kleine Leuchte, der Strahlbohrer und das Röhrchen mit Erde.

Qui-Gon konnte sich aus diesen Dingen keinen Reim machen. Was konnte Lena wissen? Und wo war sie gewesen? Qui-Gon fühlte sich von ihr getäuscht. Sie sagte ihnen nicht die ganze Wahrheit.

Obwohl Lena aufgewühlt zu sein schien, wartete Qui-Gon nicht, bis sie sich beruhigt hatte. „Wo wart Ihr?“, fragte er.

Lena sah auf. Sie war offensichtlich überrascht über den strengen Ton des Jedi.

„Spazieren“, gab sie zurück. „Ich ... ich musste allein sein.“

Das reichte Qui-Gon nicht. „Allein? Oder einfach weg von uns?"

Lenas Unterlippe zitterte und Qui-Gon bemerkte, dass Obi-Wan ihn anstarrte. Er sprach etwas sanfter, bohrte aber weiter. „Weshalb habt Ihr den Inhalt des Pakets mitgenommen?"

„Dieses Paket ist von Rutin", sagte Lena nach einem Augenblick. Sie versuchte, ihre Stimme zu kontrollieren. „Er hat es mir geschickt, bevor er …" Wieder kämpfte sie um ihre Beherrschung. „Aber wie konnte er wissen, dass er sterben würde? Und warum hat er es mir nicht gesagt?"

Lena verlor den Kampf gegen ihren Schmerz und ließ den Kopf in die Hände sinken. „Er versucht, mir etwas mitzuteilen", sagte sie einen Moment später mit zitternder Stimme. „Aber ich komme nicht dahinter! Es ist, als würde er mit mir sprechen und ich verstehe ihn nicht!" Sie sank wieder in sich zusammen. „Er ist für immer verschwunden."

Mica und Obi-Wan gingen zu ihr, setzten sich neben sie auf die Couch und wollten sie trösten. Qui-Gon ging ein paar Schritte zurück, bis er sich auf einer anderen Sitzgelegenheit niederließ und sah die Drei an. Lena wirkte jetzt viel kleiner als zuvor. Und irgendwie weniger in der Lage, sie zu täuschen.

Qui-Gon spürte, wie auch er kleiner wurde, als die

Wellen von Lenas Schmerz ihn ergriffen und in dem Meer der Trauer wogten, das in seinem Herz niemals aufgehört hatte zu tosen. Ihre Worte trafen ihn in seinem tiefsten Innern und er hatte keinen Zweifel mehr an ihrer Aufrichtigkeit. Er wusste selbst, wie vehement der Schmerz über den Verlust des Geliebten plötzlich auftauchen konnte, ebenso unerbittlich wie der Moment, in dem man von dem Tod erfuhr. Auch er hatte den Augenblick erlebt, in dem die Zukunft plötzlich nur noch leer und unerträglich zu sein schien.

„Die Geliebten, die wir verloren haben, sind immer bei uns", sagte Qui-Gon. Er war überrascht, sich diese Worte sagen zu hören. Doch sie waren tröstlich. Er hatte plötzlich das Gefühl, als wäre Tahl in der Nähe und der Sturm in seinem Innern beruhigte sich ein wenig.

Nachdenkliche Stille senkte sich über den Raum. Obi-Wan sah seinen Meister voller Mitgefühl an. Und zum ersten Mal hatte Qui-Gon nicht das Bedürfnis, dem Blick seines Padawans auszuweichen.

Auch Lena schien sich ein wenig aus ihrer Trauer zu befreien und sie sah den Jedi-Meister dankbar an. „Es stimmt", sagte sie und nickte. „Rutin kümmert sich sogar jetzt noch um mich. Er muss dieses Paket vor einiger Zeit vorbereitet und dafür gesorgt haben, dass es mir jetzt zugestellt wird. Ich bin mir sicher, dass es mir bei der Suche nach Beweisen helfen soll. Er muss gewusst haben, dass jede noch so kleine Information im Computer entdeckt worden wäre. Er wusste, dass ich mehr brauchen würde."

Qui-Gon fiel auf, dass Mica bei der Erwähnung des Computers blass wurde. Er fragte sich, ob es ihr jetzt peinlich war, dass ihr Plan misslungen war, oder ob sie Angst hatte, dass möglicherweise noch mehr Beweise existierten.

Die junge Witwe nahm keine Notiz von ihrer Kusine. Ihre Tränen waren versiegt und ihre frühere Selbstsicherheit kehrte zurück. Lena nahm die Stiefel vom Tisch und legte sie in den Schoß. „Ich habe den Hinweis bis jetzt noch nicht entschlüsselt, aber ich werde es schaffen", sagte sie entschlossen.

„Aber lauf bitte nicht mehr einfach weg", sagte Mica. „Du hast mich zu Tode erschreckt. Wir haben stundenlang den Park durchgesucht."

Lena runzelte die Stirn. „Den Park ...", murmelte sie.

Obi-Wan starrte die seltsamen Gegenstände auf dem Tisch an. „Rutin ließ Euch das Paket hierher liefern", sagte er dann plötzlich. „Also musste er über dieses Versteck Bescheid gewusst haben."

„Natürlich", sagte Lena. „Rutin war es, der diesen Ort gefunden hat. Er wollte sich hier verstecken, während er darauf wartete, den Planeten verlassen zu können."

Lena sprang plötzlich auf und warf die Stiefel zur Seite.

„Das habe ich beinahe vergessen", rief sie und zog ein Datapad aus der Tasche. „Als ich unterwegs war, ging ich an meinem Apartment vorbei, um nachzusehen, ob Zanita eine Nachricht hinterlassen hat. Sie hat mir das geschickt."

Kapitel 13

Der Himmel über dem Lagerhaus hatte ein dunkles Grau angenommen. Qui-Gon schaute durch die Scheiben der Fenster, durch die man von draußen nicht hineinsehen konnte. Es war spät geworden und die Gassen wurden immer leerer.

„Ein Treffen mit Zanita birgt ein unnötiges Risiko", sagte Qui-Gon, als er sich umdrehte und hin und her ging. Er hatte plötzlich das Gefühl, als wäre es das Beste, baldmöglichst den Planeten zu verlassen. „Wir haben den Hinweis von Rutin und sollten auch damit arbeiten. Daher müssen wir Eure Schwiegermutter nicht unbedingt erneut in Gefahr bringen."

„Sie geht das Risiko ein, weil ich sie darum gebeten habe", sagte Lena. „Ich kann sie jetzt nicht vergeblich warten lassen."

Mit sorgenvoller Miene sah sich Qui-Gon die Nachricht auf dem Datapad noch einmal an.

TRANSPORT-LADESTATION, DOCK 12
22 UHR HEUTE ABEND
ALLEIN
FÜR RUTIN

„Ich hätte Zanita niemals hineinziehen dürfen", sagte Lena. „Aber ich kann es jetzt nicht mehr ändern. Wenn ich allein gehe, kann ich mit ihr reden und sie davon überzeugen, dass ich es mir anders überlegt habe. Ich werde ihr sagen, dass ich Angst habe und den Planeten verlassen möchte. Dann werden alle sicherer sein."

Qui-Gon musste zugeben, dass das kein schlechter Plan war. Sie würden etwas Zeit gewinnen und vielleicht könnten sie sogar den Planeten leichter verlassen. Er nickte zustimmend.

„Aber wir werden Euch nicht allein gehen lassen", sagte Obi-Wan. Mica schien nach diesen Worten erleichtert zu sein.

„Natürlich nicht", stimmte Qui-Gon ein. „Es ist nicht sicher."

„Aber es ist die einzige Möglichkeit, Zanita zu überzeugen", sagte Lena. „Sie hat Euch auf dem Anwesen gesehen. Sie weiß mit Sicherheit, dass Ihr die Galaktische Republik repräsentiert. Ich werde sie kaum von meinem Sinneswandel überzeugen können, wenn ich in Begleitung zweier Jedi auftauche!"

„Wir sind zu Eurem Schutz hier", sagte Qui-Gon. *Und um sicherzugehen, dass Ihr das seid, was Ihr behauptet zu sein.* Die Nachricht, dass Lena während ihres Alleingangs wieder in ihrem Apartment gewesen war, hatte Qui-Gons Misstrauen erneut geweckt. Sie hätte dort alles Mögliche tun können. Obwohl er die Aufrichtigkeit ihrer Trauer erkannte, würde er keineswegs die Möglichkeit ignorieren, dass sie vielleicht unter Druck gesetzt wurde – von wem auch immer.

„Ich fürchte, Ihr werdet uns nicht los, bevor wir nicht alle sicher in Coruscant sind", sagte Obi-Wan grinsend. „Wir werden uns verstecken, aber wir werden Euch keinesfalls allein gehen lassen."

Lena erwiderte Obi-Wans Lächeln. „In Ordnung", sagte sie. „Wir sollten uns beeilen, damit wir als Erste dort ankommen. Es ist nicht weit weg."

„Seid vorsichtig", sagte Mica und nahm ihre Kusine in den Arm. „Ich werde da sein, falls du mich brauchst. Ich werde *immer* da sein, falls du mich brauchst."

Lena strich ihrer Kusine über die Wange. „Ich bin gleich wieder zurück!", versprach sie.

Qui-Gon, Obi-Wan und Lena verließen das Haus und gingen durch die dunklen Straßen, die nur gelegentlich vom Licht der beiden Monde erhellt wurden. Jetzt, wo das Tageslicht verschwunden war, schien Rian weniger einladend zu sein. Es schien, als würde erst die Dunkelheit die Lügen und den Verrat zum Vorschein bringen, die den Planeten beherrschten.

Als sich die Drei der Verladestation näherten, verschwanden Qui-Gon und Obi-Wan in der Dunkelheit. Lena bestand darauf, mitten auf der Straße unter dem Licht der Laternen zu gehen.

„Sie sollte etwas vorsichtiger sein", murmelte Obi-Wan.

„Nein, Padawan", sagte Qui-Gon. „Sie darf nicht den Eindruck erwecken, als müsste sie etwas verstecken. Außerdem wird sie so von unserer Gegenwart ablenken."

Über Dock 12 lag eine bedrückende Stille. Niedrige Gebäude umrahmten ein riesiges Landefeld, auf dem große Transportschiffe mit Waren beladen wurden. Die Ränder des Feldes waren beinahe vollkommen dunkel.

Obi-Wan gab seinem Meister ein Zeichen und die Jedi sprangen geräuschlos auf ein flaches Dach. Nachdem sie sich bis zum Rand vorgearbeitet hatten, legte sich Qui-Gon neben seinen Padawan und die beiden beobachteten, wie Lena langsam in das orangefarbene Dreieck in der Mitte des Landefeldes ging. Von ihrem Platz konnten die Jedi alles überblicken und sie würden im Notfall sofort zu Lena eilen können.

Obwohl Qui-Gon in der Dunkelheit nur Lenas Gestalt ausmachen konnte, wusste er, dass sie nicht allein waren. Beinahe von dem Augenblick an, seitdem sie das

Versteck verlassen hatten, hatte er eine andere Gegenwart gespürt. Doch jetzt war das Gefühl stärker und bedrohlicher.

Von der anderen Seite des Landeplatzes kam Zanita in Sicht. Lena ging mit offenen Armen auf ihre Schwiegermutter zu, um sie zu begrüßen.

Aber Zanita hob weder die Arme, noch erwiderte sie den Gruß. Nachdem sie einen weiteren Schritt vorwärts tat, war der Grund dafür ersichtlich.

In Zanitas Mund steckte ein Knebel und hinter ihr stand jemand, der ihre Arme fest auf ihren Rücken drückte. Es war ihr ältester Sohn Solan Cobral.

Kapitel 14

Obi-Wan sprang auf, als hinter Solan und Zanita noch mehr Gestalten auftauchten. Doch Qui-Gon zog ihn wieder auf das Dach herunter.

Obi-Wan wand sich aus dem Griff seines Meisters. Er musste Lena beschützen. Sie stand unbewaffnet zwei Droiden, Solan Cobral und seinem Bruder Bard gegenüber. Die junge Witwe hatte keine Chance gegen Männer, die skrupellos genug waren, ihre eigene Mutter gefangen zu nehmen und den Tod ihres Bruders anzuordnen.

„Noch nicht", sagte Qui-Gon leise. „Ich möchte sehen, was diese Männer im Schilde führen."

Obi-Wan sank auf die Knie. Er würde vorerst warten. Aber wenn irgendjemand gegen Lena vorging, würde ihn nicht einmal Qui-Gon zurückhalten können.

Im orangefarbenen Licht des Landeplatzes trat Lena ein paar Schritte zurück.

„Solan", sagte sie. Ihre Stimme erschien Obi-Wan seltsam, beinahe voller Schuldgefühle. Er fragte sich, ob sie sich für das verantwortlich fühlte, was gerade mit Zanita geschah.

„Du solltest doch allein kommen", polterte der Verbrecherboss.

„Ich bin allein gekommen", gab Lena ohne zu zögern zurück.

Nervös weil man sie entdeckt hatte, tastete Obi-Wan nach seinem Lichtschwert. Er versuchte aufzustehen, doch Qui-Gons Hand drückte ihn wieder nach unten.

„Er meint nicht uns", flüsterte Qui-Gon.

„Tut ihr nichts!", rief eine Stimme aus der Dunkelheit dort unten. Obi-Wan erkannte sie sofort. Es war Mica. Einen Augenblick später stand sie neben ihrer Kusine. Obi-Wan hatte nicht bemerkt, dass sie da gewesen war.

„Bitte tut Lena nichts an. Sie würde sich niemals gegen die Cobrals stellen. Sie hat nur versucht, mich zu decken. Ich bin diejenige, die Ihr wollt. Ich bin diejenige, die weiß, wie Ihr arbeitet. Ich bin diejenige, die gegen Euch aussagen will."

„Mica, nein", flüsterte Lena in dem Versuch, den Alleingang ihrer Kusine aufzuhalten. „Sei still."

„Hört nicht auf sie", sagte Lena zu den Cobrals. „Sie will mich nur schützen. Sie weiß nicht, dass ich heute Nacht gekommen bin, um Zanita mitzuteilen, dass ich es mir anders überlegt habe. Ich war töricht, als ich dachte, ich könnte es mit den Cobrals aufnehmen. Solan, hör mich bitte an. Du, Bard und Zanita, ihr seid das Einzige, was mir von meinem geliebten Ehemann Rutin noch geblieben ist. Mir ist klar geworden, dass ich jetzt mehr denn je an der Familie festhalten muss, die ich habe. Wo werde ich enden, wenn ich mich jetzt gegen euch wende? Was auch immer in der Vergangenheit geschehen sein mag, ihr seid meine Familie. Und meine Familie bedeutet mir mehr als alles andere."

„Wie weise", gab Solan lachend zurück. Er schob Zanita zu Bard, der sie mit der freien Hand auffing. In der anderen hielt er einen Blaster.

„Ich bin zutiefst gerührt, dass du noch immer ein Mitglied unserer Familie sein möchtest", fuhr er fort und ging einen Schritt näher an Lena heran. „Und ich bin froh, dass ihr zusammen gekommen seid." Er kam noch näher. „Das macht es um einiges einfacher, die Sauerei aufzuräumen, die ihr angerichtet habt."

Solan sprang auf Lena und Mica zu und die beiden Droiden kamen von der Seite heran.

Oben auf dem Dach wusste Obi-Wan, dass jetzt höchste Zeit war. Qui-Gon war an seiner Seite, als er vom Dach sprang und auf die hilflosen Kusinen zulief.

Solan hatte Mica fest im Griff, doch Lena war gerade noch rechtzeitig weggelaufen. Sie drehte sich um und fand sich Auge in Auge mit einem dünnen, aber potenziell tödlichen Droiden.

Die Arme des einäugigen Droiden schossen nach vorn und legten sich um sie. Lena jedoch duckte sich in dem Augenblick weg, als Obi-Wans Lichtschwert einen der Arme durchschnitt und mit dem nächsten Schwung den Kopf vom Rumpf des Droiden trennte.

Obi-Wan schob Lena hinter sich und lief auf den anderen Droiden zu.

Neben ihm lenkte Qui-Gon einen Schuss aus Bards Blaster auf Solans Füße ab. Der versuchte, Mica festzuhalten und gleichzeitig mit seinem Blaster auf die Jedi zu zielen. Er bemerkte nicht, wie Lena sich hinter ihm anschlich.

Lena ergriff Solans Blaster. Mica warf sich hin und her und versetzte Solan einen Kinnhaken mit dem Ellbogen. Er musste Mica und die Waffe loslassen.

Der zweite Droide feuerte in schneller Folge seinen Blaster auf Obi-Wan ab, aber der lenkte die Schüsse mit Leichtigkeit ab. Doch obwohl das Feuer auf den Droiden zurückregnete, waren keinerlei Schäden zu erkennen. Der Droide deckte das Landefeld weiter mit Blasterfeuer ein, während er seinen anderen Arm nach Mica ausstreckte.

Qui-Gon hackte den Arm des Droiden mit einem eleganten Lichtschwerthieb ab und machte einen Schritt nach vorn, um seinen Schlag zu vollenden. Ein Hieb mitten in den Brustbereich der Maschine brachte den Droiden zu Boden.

Während sich Qui-Gon um den Droiden kümmerte, suchte Obi-Wan schnell die Umgebung ab. Mica, die hinter ihm auf dem Boden lag und in die Dunkelheit starrte, schien unter Schock zu stehen. Lena zielte mit ihrem Blaster tapfer auf Solan.

Plötzlich sprang Obi-Wan hoch in die Luft über Lenas Kopf hinweg. Er wusste, was geschehen würde, noch bevor es geschah, war aber trotzdem nicht rechtzeitig da, um den Schuss abzulenken. Weiter im Schatten, wo er noch immer die gefesselte und geknebelte Zanita festhielt, feuerte Bard seinen Blaster auf Lena ab.

Mica machte einen Hechtsprung nach vorn. Lena schrie. Und der Blasterschuss traf ins Ziel.

Kapitel 15

Während Obi-Wan auf die beiden Frauen zulief, kam Qui-Gon von einem Sprung auf dem Boden auf und lief sofort los. Er rannte auf Bard und seine Geisel zu, konnte aber in der Dunkelheit nicht sehen, wohin sie gegangen waren. Er hörte nur das gedämpfte Geräusch ihrer hastigen Schritte irgendwo vor ihm.

Qui-Gon lief gerade noch rechtzeitig um ein Gebäude, um zu beobachten, wie Solan in ein Repulsor-getriebenes Gefährt stieg. Bard schob seine Mutter hinter seinem Bruder in das Fahrzeug und die Maschinen heulten auf.

Qui-Gon blieb abrupt stehen. Ihm blieb beinahe die Luft weg. Auf die Cobrals hatte ein Fahrzeug gewartet. Es war zwecklos, sie zu Fuß zu verfolgen. Außerdem wollte Qui-Gon so schnell wie möglich zum Landedock zurückkehren. Er spürte, dass ihn dort etwas Furchtbares erwarten würde.

Qui-Gon bog wieder um die Ecke des Gebäudes. Im

organgefarbenen Licht des Landefeldes sah er zwei kniende Gestalten. Eine dritte Gestalt lag in den Armen seines Padawans. Dieser dritte Körper war leblos.

Mica war tot.

Lena warf sich über den Leichnam ihrer Kusine und weinte. „Nein, Mica", weinte sie flehend. „Nicht du. Verlass mich nicht."

Qui-Gon beobachtete wie erstarrt die Szenerie. Seine Gedanken wanderten zu Tahls letzten Worten. Ein furchtbarer Schmerz überkam ihn.

„Wo auch immer ich jetzt hingehen muss, ich werde auf Euch warten, Qui-Gon", hatte sie gesagt. *„Ich war schon immer jemand, der allein auf Reisen geht."*

„Nicht mehr", hatte er geantwortet. *„Erinnert Ihr Euch? Wir werden zusammen weitergehen. Ihr habt es versprochen. Jetzt könnt Ihr keinen Rückzieher machen. Das würde ich Euch niemals verzeihen."*

Tahl hatte schwach gelächelt und schon diese Anstrengung hatte sie erschöpft. Qui-Gon hatte gewusst, in welch großer Gefahr sie geschwebt hatte. Dass sie im Sterben gelegen hatte. Er hatte nach der Macht gegriffen, die Jedi beschworen und seine große Liebe zu Tahl. Doch nichts hatte die Frau retten können, die er liebte.

Qui-Gon hatte seine Stirn auf Tahls Stirn gelegt. Ihr Atem hatte sich vermischt. *„Lasst meinen letzten Moment diesen sein"*, hatte sie gesagt.

Und er war es gewesen.

„Meister", sagte Obi-Wan leise und Qui-Gon wurde schlagartig in die Gegenwart zurückgeholt. Lena war über Mica gebeugt. Sie bebte vor Schmerz. Von der starken, entschlossenen Frau, die Qui-Gon bei ihrer Ankunft auf Frego kennen gelernt hatte, war nichts mehr zu sehen. Er sah nicht mehr die Frau, von der er angenommen hatte, dass sie sie hätte täuschen können. Er sah nur eine Frau, die über einen toten Körper gebeugt und unfähig war, ihren Schmerz zu ertragen.

Er kannte dieses Gefühl genau. Aber er hatte überlebt und nicht aufgegeben. Und er war überzeugt, dass Lena es auch konnte.

Qui-Gon beugte sich zu Lena hinab. „Es tut mir so Leid", sagte er leise. „Ich weiß, dass ich Euren Schmerz nicht lindern kann. Aber ich verstehe ihn."

Lena ließ Micas Leichnam mit einem Schaudern los. „Ich würde den Leichnam gern einwickeln", sagte sie. „Das ist hier so üblich."

Obi-Wan fand neben einem Frachtschiff eine Decke und Lena zeigte den Jedi die traditionelle Art, auf die man den Leichnam darin einwickelte.

„Mica hat sich immer um mich gekümmert", sagte Lena, als sie den Leichnam sanft auf dem Boden in das Tuch rollte. „Sie hat immer versucht, mich in die richtige Richtung zu leiten."

Die Drei standen einen Moment still da und nahmen schweigend Abschied. Dann gingen sie fort und ließen Mica in dem Meer aus orangefarbenem Licht zurück.

„Der Park", sagte Lena leise, als sie sich langsam von dem Leichnam entfernten. „Mica sagte, Ihr hättet ihn stundenlang durchsucht."

„Das haben wir", sagte Qui-Gon. Lena hob die Schultern leicht an und ihr Blick klärte sich ein wenig. „Ich weiß, was Rutin mir mitteilen wollte", sagte sie. „Wir müssen sofort zum Park gehen."

Qui-Gon war beeindruckt, wie schnell Lena ihre Aufmerksamkeit wieder der Beweissuche zuwenden konnte. Ihr Gesicht war voll tiefer Traurigkeit, doch sie ging aufrecht auf dem Weg zum Röhrenpark.

Als sie dort waren, ging Lena geradewegs zu einem abgelegenen Teil des Parks. Es war noch immer dunkel, doch der Himmel war vollkommen wolkenlos und so leuchteten die beiden Monde in der Nacht. Ihr silberfarbenes Licht erhellte die Wege, Brücken und Bäche ein wenig.

Qui-Gon suchte ständig die Umgebung ab. Doch er spürte nichts Gefährliches. Der Park schien ebenso friedlich zu sein, wie er es noch am Tag gewesen war. Aber es wäre nicht klug, weniger wachsam zu sein. Obi-Wan stand etwas weiter entfernt und hielt nach Passanten Ausschau.

Lena blieb plötzlich neben einigen tropischen Bäumen stehen. Ein Bach plätscherte über glatte Steine in einen kleinen Teich.

Lena setzte sich mit einem Seufzer hin. „Das war unser Lieblingsplatz“, sagte sie. „Ich erinnere noch, wie Rutin mich vor Jahren zum ersten Mal hierher brachte. Wir waren damals noch nicht verheiratet. Aber wir hatten so viele Pläne und Träume.“ Einen Augenblick leuchtete in ihren Augen so etwas wie Freude auf. Doch es stiegen ihr wieder schnell Tränen hoch und sie brach schluchzend zusammen.

„Es tut mir so Leid“, sagte sie. „Manchmal ist es mehr, als ich ertragen kann. Ich wünsche mir immer wieder, dass ich an seiner statt getötet worden wäre. Ich hätte mit Freuden mein Leben gegeben, um seines zu retten.“

Qui-Gon nickte. „Ich wünsche mir auch oft, dass ich mein Leben hätte geben können, um ein anderes zu retten. Das Leben von jemandem, den ich sehr geliebt habe. Jetzt weiß ich, dass es oft schlimmer ist, zurückzubleiben. Ich hätte nie gewollt, dass sie die Einsamkeit und den Schmerz ertragen müsste, die ich ertragen muss.“ Er berührte Lena sanft am Arm. „Rutin ließ diese Dinge für Euch zurück, weil er wusste, dass er vielleicht getötet werden würde. Er vertraute darauf, dass Ihr weitermachen würdet.“

Mit einem Blick in Lenas Augen wusste Qui-Gon, dass

sie ihn verstanden hatte. Er war erstaunt festzustellen, dass auch er sich ein wenig erleichtert fühlte. Seine Trauer über Tahls Tod war noch immer furchtbar schmerzhaft, doch er wusste plötzlich, dass er sie eines Tages ertragen würde. Tief in seinem Innern war er sicher, dass Tahl gewollt hätte, dass er sein Leben weiterführen würde. Ihm wurde plötzlich klar, dass sie missbilligt hätte, wie sehr er über ihren Tod trauerte. Er hatte es zugelassen, dass seine Trauer ihn von all jenen Menschen entfernt hatte, die versucht hatten, ihm zu helfen. Weil sein Schmerz so schwer wog, hatte er nie seinen Kopf gehoben, um zu erkennen, dass auch andere um Tahl trauerten. Obi-Wan. Yoda. Bant. Clee Rhara. Die Liste war lang.

Tahls Gesicht erschien ihm in Gedanken. Er sah ihr ironisches Lächeln.

„*Wer* von uns ist blind?", fragte sie.

„Danke, Qui-Gon", sagte Lena leise und wischte sich die Augen trocken. „So schwer es auch ist, ohne Rutin zu leben – ich weiß, dass Ihr Recht habt."

Qui-Gon drückte kurz Lenas Hand. Dabei bemerkte er, dass sein Padawan gleichermaßen frustriert wie verwirrt dreinschaute. Qui-Gon hatte das Gefühl, einige Dinge erklären zu müssen. Aber jetzt war nicht die rechte Zeit, um alles zu besprechen. Sie mussten die Beweise finden und den Planeten verlassen.

„Habt Ihr eine Idee, was die Hinweise in dem Paket bedeuten könnten?", fragte Qui-Gon.

Lena stand wieder auf und begann, unter Felsen und dicken, grünen Blättern zu suchen. „Ich bin mir sicher, dass dies der Ort ist", erklärte sie. „Aber die Hinweise ergeben für mich keinen Sinn. Wofür sollte ich einen Strahlbohrer benötigen? Oder ein Paar Stiefel?"

Die Drei durchsuchten die Umgebung, fanden aber nichts als Gras, Felsen, Wasser und Pflanzen.

„Hier gibt es absolut nichts", sagte Obi-Wan schließlich leicht genervt. „Dieser Platz unterscheidet sich in nichts von anderen Wäldern."

Als Lena die Worte hörte, sah sie plötzlich auf. „Oh, doch", sagte sie. „Es ist alles künstlich. Von Menschenhand erschaffen." Sie begann, den Ort aus einem anderen Blickwinkel zu betrachten. Sie ging über ein Stück des künstlichen Bodens, das von Moos bedeckt war. Dann ging sie in die Knie und rollte das Moos zur Seite.

Darunter war eine große, verschlossene Abdeckplatte.

Lena nahm den Strahlbohrer zur Hand und brach die Platte auf. Als sie sie anhob, fand die darunter einen kurzen Tunnel, der nach unten führte.

Lena stieg aufgeregt in den Tunnel hinab. Einen Augenblick später hörte Qui-Gon ein lautes Platschen.

„Na ja, jetzt weiß ich wenigstens, wofür die Stiefel sein

sollten“, rief sie nach oben. „Ich stehe knöcheltief im Wasser. Aber wenigstens ist es kein Abwasser!“

Qui-Gon reichte Lena die Stiefel nach unten. Sie waren groß genug, dass Lena sie über ihre Schuhe anziehen konnte. Dann schaltete sie die Lampe an und lief platschend umher. Sie war in einem kleinen Pumpenraum.

„Braucht Ihr Hilfe?“, rief Obi-Wan hinunter.

Er hörte noch mehr Platschen, aber keine Antwort. Dann war es ein paar Augenblicke lang vollkommen still.

Qui-Gon und sein Padawan schauten sich an. Qui-Gon wollte gerade in den Tunnel steigen, als sie einen begeisterten Schrei hörten.

„Ich habe es gefunden!“, rief Lena.

Kurze Zeit später erschien sie mit einem zweiten Paket in einer wasserdichten Hülle.

Qui-Gon hoffte, dass es die Beweise enthielt, die sie brauchten.

Kapitel 16

Die Drei verloren keine Zeit und gingen sofort zurück zum Lagerhaus. Sie hatten immerhin ein paar Stunden im Park zugebracht und mittlerweile war es früh am Morgen.

Obi-Wan konnte es kaum erwarten, bis sie wieder in der provisorischen Wohnung waren und das Paket öffnen konnten. Außerdem war er erschöpft und hoffte, dass sie vielleicht ein paar Stunden Ruhe finden würden, bevor sie ihre nächsten Schritte unternahmen. Doch er wusste, dass sein Meister sich niemals ausruhte. Es hatte schon Zeiten gegeben, in denen Obi-Wan absolut davon überzeugt gewesen war, dass sein Meister niemals schlief.

Sobald sie im Lagerhaus in Sicherheit waren, riss Lena das Paket auf. Es enthielt ein Datapad, das wasserdicht und gegen Erschütterungen geschützt eingepackt war. Lena schaltete die kleine Maschine an und sie warteten, bis sie hochfuhr.

Die nächsten Augenblicke kamen ihnen wie eine Ewigkeit vor. Lena legte mit leicht zitternden Händen das Datapad auf einen niedrigen Tisch und setzte sich auf das Sofa.

Das Datapad piepte.

Lena drückte ein paar Köpfe an der Seite des Gerätes, woraufhin einige Informationen über das Display flimmerten. Informationen über illegale Landkäufe, Bestechung, Erpressung der Regierung, Abmachungen über Mordaufträge ... die Liste von Verbrechen schien nicht enden zu wollen.

„Verabschiede dich von deiner Macht, Solan", flüsterte Lena. Sie sah die Jedi lächelnd an. „Das wird die Cobrals sehr, sehr lange hinter Gitter bringen", sagte sie.

Obi-Wan seufzte erleichtert. Diese Mission würde bald abgeschlossen sein. Lena würde in Sicherheit und Frego frei sein.

Qui-Gon kontaktierte sofort Senator Crote auf Coruscant. Er erklärte ihm, dass sie die benötigten Beweise hatten und dass sie am nächsten Morgen unverzüglich aufbrechen würden.

„Wunderbar", gab der Senator zurück. „Nehmt die *Degarian II*. Sie ist schnell und steht zu Eurer Verfügung. Ich freue mich, Euch morgen wiederzusehen."

Da sie nun nichts weiter zu tun hatten, legten sich

Lena und die Jedi hin, um ein paar Stunden auszuruhen. Doch während Lena im Nebenzimmer schlief und Qui-Gon neben ihm döste, fand Obi-Wan trotz seiner Erschöpfung keinen Schlaf. Er musste immerzu an die kurze Unterhaltung zwischen Qui-Gon und Lena denken, die er im Park gehört hatte. Qui-Gon hatte noch nie offen über seine Trauer gesprochen. Mit niemandem. Weshalb hatte er sich dann einer Frau anvertraut, der er kaum traute, und nicht seinem eigenen Padawan?

Obi-Wan wusste, dass Tahls Tod für Qui-Gon unglaublich schwer zu ertragen war. Er wusste jetzt, dass sein Meister sie geliebt hatte. Doch zu Tahls Lebzeiten hatte Obi-Wan nicht erkannt, dass Liebe die beiden verband. Wann war sie aufgeblüht? So weit er wusste, waren Qui-Gon und Tahl selten allein gewesen.

Als er so in der Dunkelheit lag, überkamen Obi-Wan Schuldgefühle. Er wusste, dass er kein Recht hatte, sich über seinen Meister zu ärgern. Es war seine ganz eigene Entscheidung, wem er sich anvertrauen wollte. Und wenn nicht er, Obi-Wan, es sein sollte, dann musste das eben so sein.

Obi-Wan drehte sich auf die andere Seite und erinnerte sich an die Worte, die sein Meister zu Lena gesagt hatte. Er erinnerte sich an Qui-Gons Blick. Und mehr als alles andere wünschte er, dass er den Schmerz seines Meisters lindern könnte.

Schließlich übermannte ihn die Müdigkeit und Obi-Wan schlief ein. Doch gerade als er wirklich entspannt war, hörte er in Lenas Zimmer eine Bewegung.

Obi-Wan setzte sich auf und fragte sich, ob Lena wohl versuchte, ohne sie zu gehen; ob sein Meister wohl zu recht schon die ganze Zeit ihre Motive anzweifelte. Sie hatte sehr überzeugend geklungen, als sie mit Solan gesprochen hatte, vielleicht wollte sie sich ja tatsächlich mit den Cobrals arrangieren. Dann hörte Obi-Wan weitere Geräusche, die auf einen Kampf hindeuteten. Irgendjemand griff Lena an!

Obi-Wan prüfte, ob sein Lichtschwert an seinem Gürtel hing und lief in Lenas Zimmer. Lena saß mit einem Knebel im Mund an einen Stuhl gefesselt. Eine Gestalt in einer dunkelroten Kapuzenrobe stand vor ihr.

Obi-Wan sprang mit einem Salto über die beiden hinweg und zog die Kapuze der Gestalt zurück. Er hatte erwartet, in das Gesicht eines der Cobrals zu sehen, doch er erkannte den Mann nicht, der ihn wütend ansah und einen Blaster zog.

Obi-Wan hatte sein Lichtschwert in der Hand, doch der Fremde schob schnell etwas in die Tasche und lief auf die Stahlglas-Tür zu. Er war beinahe draußen, als Qui-Gon ins Zimmer kam und den Mann mit einem Macht-Hieb gegen die Wand schleuderte. Der Eindringling glitt zu Boden und blieb regungslos liegen.

Obi-Wan band Lena schnell los. „Alles in Ordnung?“, fragte er.

Lena nickte. „Noch ein Schläger, der für die Cobrals arbeitet“, sagte sie und lächelte ihn schräg an. „Ich fange beinahe an, mich an sie zu gewöhnen.“

„Gutes Timing, Meister“, sagte Obi-Wan trocken und half Lena auf die Beine.

„Danke“, sagte Qui-Gon, als er sich über den Mann beugte. „Ich fürchte, er wird mit ziemlichen Kopfschmerzen aufwachen.“

Qui-Gon hatte schon seit Wochen keinen Scherz mehr gemacht. Das klang wie Musik in Obi-Wans Ohren.

Qui-Gon durchsuchte die Taschen des Mannes und fand darin schnell Rutins Datapad. Obi-Wan sah, dass er noch etwas anderes hervorholte, doch Qui-Gon versteckte es in den Händen.

Der große Jedi stand auf und schaute Lena und Obi-Wan an. Sein Gesichtsausdruck war bedeutungsschwer und besorgt.

„Wir müssen unsere Pläne ändern und Frego so bald wie möglich verlassen“, sagte er.

Kapitel 17

Lena, Qui-Gon und Obi-Wan schwiegen, als sie wieder durch die dunklen Straßen von Rian gingen. Es war beinahe Morgengrauen und ein dünnes gelbes Band begann, den Himmel zu erobern. Qui-Gon wollte die Mission so schnell wie möglich beenden. Doch als er entschlossen durch die Straßen schritt, wurde er das Gefühl nicht los, dass das Ende der Mission noch in weiter Ferne lag.

Als sie auf einer der vielen Landeplattformen der Stadt ankamen, ging Obi-Wan zur *Degarian II*. Er wollte gerade einsteigen, als Qui-Gon ihn einholte und zurückhielt. Lena war ihm auf den Fersen.

„Nein, Padawan", sagte Qui-Gon leise, als er Obi-Wan zur Seite zog. „Wir werden nicht dieses Schiff nehmen." Qui-Gon zeigte unauffällig auf ein einsames Schiff in der Ecke des Landeplatzes. „Ich glaube, das Schiff dort drüben ist für unsere Zwecke besser geeignet."

Obi-Wan sah einen Augenblick verwirrt drein, doch dann nickte er. Er führte Lena sanft von der *Degarian II* weg und in einen schattigen Bereich der Landeplattform.

Qui-Gon ging zu dem Piloten des kleineren Schiffes. „Wir suchen ein Schiff nach Coruscant", erklärte er leise. „Wir möchten sobald wie möglich aufbrechen."

Der Pilot unterbrach, womit er gerade beschäftigt war, und richtete sich zu seiner vollen Größe auf, die beachtlich war. Zuerst sagte er nichts und sah Qui-Gon nur in die Augen. Qui-Gon hielt seinem Blick ohne Blinzeln stand. Er hatte das deutliche Gefühl, dass dieser Mann nicht mit den Cobrals im Bunde stand. Ein Flug mit ihm würde relativ sicher sein.

„Ich kann Euch nach Coruscant fliegen", sagte der Pilot schließlich. Er nannte einen Preis, der fair zu sein schien.

Der Pilot nickte. „Ich bin bereit."

Qui-Gon drehte sich um und ging zu Obi-Wan und Lena. Jetzt musste er nur noch dafür sorgen, dass es so aussah, als verließen sie den Planeten wie geplant mit der *Degarian II*.

„Zeit, an Bord zu gehen", sagte er in normaler Lautstärke, als er die Rampe hochlief. Dann sagte er leise zu Obi-Wan: „Überlass das Reden mir."

Die *Degarian II* war ein großes und komfortables Schiff mit einer Diplomaten-Lounge und bequemen Schlafkabinen für die Passagiere. Die Jedi und Lena wurden von einem Droiden in Empfang genommen, als sie an Bord gingen.

Qui-Gon stellte überrascht fest, dass der Droide identisch mit denen war, die er und Obi-Wan früher am Abend in Stücke gehackt hatten. Er grüßte den Droiden dennoch so, als hätte er ihn erwartet. Nachdem er ein wenig Konversation mit der Maschine betrieben und einen Willkommensgruß von Senator Crote entgegengenommen hatte, erklärte Qui-Gon, dass sie müde wären und sich in ihre Quartiere zurückziehen wollten.

„In Ordnung", sagte der Droide. „Ich kann Euch den Weg zeigen." Er führte sie einen langen Korridor entlang zu drei geräumigen Kabinen.

„Danke", sagte Qui-Gon. „Bitte sorge dafür, dass wir kurz vor der Ankunft geweckt werden."

Der Droide nickte. „Natürlich. Wir werden in zwanzig Minuten die Starterlaubnis erhalten." Er blieb einen Moment lang stehen, so als wollte er sich vergewissern, dass alle drei in ihre Kabinen gingen. Lena gähnte, sagte gute Nacht und verschwand dann in ihrer Kabine. Obi-Wan und Qui-Gon taten dasselbe.

Qui-Gon wartete knappe fünfzehn Minuten, bis er an Lenas Tür klopfte.

„Wir steigen vorher aus", sagte Qui-Gon, als Obi-Wan hinter ihm erschien.

Lena sah sie konsterniert an. „Glaubt Ihr, dass das sicher ist?"

„Weniger gefährlich als an Bord zu bleiben", gab Obi-Wan zurück.

Qui-Gon ging den Korridor zurück, gefolgt von den anderen. Sie stiegen durch eine kleine Luke am hinteren Ende des Schiffes, als die Maschinen aufheulten. Als die *Degarian II* über ihnen in der Atmosphäre verschwand, betraten sie das andere Schiff.

Sobald alle an Bord waren, erklärte Qui-Gon die Gründe für seine Entscheidung. „Ich fürchte, Senator Crote ist nicht der, der er vorgibt zu sein." Er holte eine Reiseanordnung hervor, die das offizielle freganische Siegel trug. Außerdem prangte Senator Crotes Unterschrift darunter. „Ich habe sie bei dem Schläger gefunden, der Rutins Beweise stehlen wollte."

Lena riss die Augen auf. „Der Senator?", rief sie. „Ich war mir vollkommen sicher, dass er über dieser ... dass er nicht zu den Korrupten gehörte."

„Ich war mir auch schon einmal einiger Dinge sicher, die nicht so waren", gab Qui-Gon zurück. „In der Galaxis gibt es viele verborgene Wahrheiten so wie die Eure."

Lena lehnte sich zurück und rieb sich die Augen. Sie war offensichtlich überfordert. Es schien, als würde das Netz der cobralschen Lügen alles umschließen.

„Ich wollte daher lieber nicht das Risiko eingehen, mit

der *Degarian II* zu fliegen", fuhr Qui-Gon fort. Er lächelte leicht. „Ich glaube, wir sind bereits zu viele Risiken eingegangen."

Das kleine Schiff hob nur wenig später ab und Lena und die Jedi machten es sich für die Reise bequem. Obwohl das Schiff nicht annähernd so groß war wie die *Degarian II*, fiel Qui-Gon auf, dass Ruhe über die Gruppe kam, als sie in die Luft stiegen. Endlich ließen sie Frego hinter sich.

Als sie auf ungefähr halbem Weg nach Corsucant waren, wurde Qui-Gon vom Summen seines Comlink aus seiner Meditation gerissen. Einen Augenblick später hörte er Yodas vertraute Stimme.

„Angegriffen wurde die *Degarian II*", sagte er nur. Seine Aussage wurde von ein paar Sekunden Stille gefolgt. „Keine Überlebenden es gibt."

Kapitel 18

Der Jedi-Meister Mace Windu nahm Qui-Gon, Obi-Wan und Lena auf der Landeplattform in Empfang. Es war eine lange Reise gewesen und auf diesem Teil des Stadtplaneten Coruscant war es gerade Mittag. Die Sonne stand hoch am Himmel, tausende von planetaren Transportfahrzeugen reflektierten ihre Strahlen, die an den hoch aufragenden Wolkenkratzern glitzerten.

„Ihr müsst Lena Cobral sein“, sagte Meister Windu und betrachtete sie einen Augenblick. „Ich freue mich, Euch endlich kennen zu lernen.“

Er sah jeden der Drei der Reihe nach an, bevor er sie zum Jedi-Tempel brachte. „Wir sind erleichtert, dass Ihr noch am Leben seid“, sagte er. „Die Nachricht über Senator Crote kam für uns überraschend und ist natürlich sehr unerfreulich. Als dann auch noch die *Degarian II* zerstört wurde ...“

Obi-Wan zuckte zusammen, als er sich vor Augen

hielt, wie knapp sie dem Tod entronnen waren. „Wir würden Lena gern so schnell wie möglich im Zeugenstand sehen", sagte er, um das Thema zu wechseln.

„Natürlich", stimmte Mace zu. „Der Kanzler hat für heute Nachmittag eine außerordentliche Anhörung anberaumt. Sie soll in wenigen Stunden beginnen. Der gesamte Senat wird zugegen sein."

„Ausgezeichnet", sagte Qui-Gon. „Wir wollen Senator Crote oder den Cobrals keine Zeit geben, um festzustellen, dass ihr Plan gescheitert ist – dass wir noch am Leben sind." Er berührte kurz Lenas Schulter. „Und wir können diese Sache ein für alle Mal abschließen. Das ist das Beste für Frego, glaube ich."

Lena nickte. „In der Zwischenzeit würde ich mich gern erfrischen und die Kleider wechseln." Sie zeigte auf ihre schmutzigen Reisekleider. „Ich fürchte, das ist für eine Sondersitzung des Galaktischen Senats nicht angemessen."

Obi-Wan lächelte. Sogar unter extremem Druck achtete Lena auf Details. Ihm wurde soeben klar, dass er sie nach Abschluss der Mission vermissen würde. Und das würde sehr bald sein.

„Wir haben im freganischen Konsulat einige Zimmer für Euch reserviert", sagte Mace. „Wir glauben, dass sich Senator Crote bis zur Anhörung nicht in dem Gebäude aufhalten wird. Aber falls wir ihn treffen, müssen wir auf jeden Fall vorgeben, ihn in keiner Weise mit den Cobrals in Verbindung zu bringen."

„Ich verstehe", sagte Lena. „Aber ich hoffe, Ihr habt Recht, wenn Ihr sagt, dass er sich nicht im Gebäude aufhält."

Mace führte sie zu Lenas vorübergehenden Unterkunft und die Jedi warteten, bis sie sich etwas erfrischt und die Kleider gewechselt hatte.

Als sie ein paar Minuten später wieder auftauchte, war Obi-Wan überwältigt. Sie hatte ihre Haare zu einem kunstvollen Zopf geflochten und glitzernde Ohrringe angelegt. Ein schlichtes hellblaues Kleid reichte ihr bis zu den Knöcheln. Sie sah wunderbar aus – nicht wie jemand, der eine anstrengende Nacht hinter sich hatte.

Die Gruppe verließ das Konsulat und ging zum Senat.

Lena stöhnte auf, als sie das Senatsgebäude betrat. „Ich hatte keine Ahnung, dass die Galaxis so groß ist!", flüsterte sie Obi-Wan nervös zu.

Der lächelte sie beruhigend an. „Ihr werdet das gut machen", flüsterte er zurück. „Denkt daran: Was Ihr tut, ist das Richtige."

Lena richtete sich auf und nickte, als die kleine Gruppe auf der großen Schwebeplattform Platz nahm. Sie setzte sich, als die Plattform langsam ins Zentrum des riesigen Saales schwebte. Die Sitzung begann und Senatoren aus der ganzen Galaxis reckten die Hälse, um zu sehen, wer wohl auf dieser Sondersitzung sprechen würde.

Nach ein paar Minuten verstummte das allgemeine Gemurmel. Kanzler Valorum gab Lena ein Zeichen, dass es für sie an der Zeit war zu sprechen. Sie konzentrierte sich kurz und stand dann auf. Einen Augenblick war sie still, als sie in all die Gesichter sah, die sie anstarrten. Obi-Wan konnte nur raten, was ihr durch den Kopf ging. Sie hatte so viel durchgemacht, war so weit gekommen. Und jetzt lag ihr Schicksal in der Hand von Fremden. Würden sie ihr glauben? Würde es diese Fremden überhaupt interessieren?

Lena sprach mit fester Stimme, als sie von den Verbrechen der Cobrals berichtete. Als sie die Verbrecherfamilie mit Senator Crote in Verbindung brachte, begannen alle im Saal zu murmeln. Dann folgte respektvolle Stille. Obi-Wan sah, dass Lena die Aufmerksamkeit jedes einzelnen Wesens im Saal hatte, als sie von Verbrechen, Machtmissbrauch und all dem Übel erzählte, das die Cobrals über Frego gebracht hatten. Dann erzählte sie ihre eigene Geschichte und sprach über den Tod ihres Mannes und ihrer Kusine. Und schließlich erzählte sie von Senator Crotes Versuch, sie alle zu töten.

Unter dem Brüllen der Menge sprang Senator Crote auf die Beine. „Ihr lügt!“, schrie er. „Ich habe nur Gutes für Euren Planeten getan!“

Doch Obi-Wan sah am Gesichtsausdruck des Senators, dass er um seinen schlechten Stand wusste, als Lena die Beweise präsentierte – nicht nur seine Verbindung zu dem Schläger, der sie angegriffen hatte, sondern auch Aufzeichnungen von Kommunikationen, die man gefunden hatte und die ihn definitiv mit der Zerstörung der *Degarian II* in Verbindung brachten. Seine Karriere als Politiker – und als freier Mann – war vorbei.

Es dauerte nicht lange, bis eine Abstimmung durchgeführt wurde. Senator Crote wurde seines Amtes enthoben und die Cobrals wurden in Abwesenheit unter Arrest gestellt, um für ihre Verbrechen verurteilt zu werden. Sobald dann eine neue Regierung aufgestellt sein würde, sollte ein neuer Senator für Frego gewählt werden.

Obi-Wan strahlte. Er war stolz auf Lena und auf alles, was sie für ihren Planeten erreicht hatte.

Denn dank ihres Einsatzes würde Frego jetzt endlich die Chance für einen Neubeginn bekommen, die Chance für bessere Lebensbedingungen.

Kapitel 19

Im Konsulat von Frego gab es eine kleine Feier in Lenas Räumlichkeiten. Es wurde viel über den Erfolg der Aussage und die Zukunft geredet. Ein paar Senatoren waren so beeindruckt von Lenas Aussage, dass sie ihr vorschlugen, sie sollte sich doch für das Amt des Senators aufstellen lassen.

„Ich habe kein Interesse an einem solchen Amt", gab sie geradeheraus zurück. „Ich werde nach Frego zurückkehren, um bei der Aufstellung der Übergangsregierung zu helfen. Doch danach möchte ich auf meinem Planeten ein neues Leben beginnen."

Sie zwinkerte Obi-Wan zu und er hatte das Gefühl, dass Politik in Lenas Zukunft sehr wohl eine Rolle spielen würde. Vielleicht würde sie als Beraterin auf Coruscant arbeiten. Ihm wurde klar, dass er sie dann von Zeit zu Zeit sehen würde ...

Nachdem die kleine Gruppe ein gemeinsames Festessen eingenommen hatte, erklärte Lena, dass sie sich ein wenig ausruhen wollte. „Es ist so viel passiert und ich brauche etwas Zeit, um alles zu verarbeiten. Ich werde schon bald wieder nach Frego zurückkehren. Und ich fürchte, dass ich dort nicht viel Ruhe finden werde."

Qui-Gon nickte. Er wusste, wie viel Arbeit die Umbildung einer Regierung mit sich brachte. „Ich bin mir sicher, dass etwas Ruhe jetzt das Beste ist", sagte er. „Der Jedi-Meister Mace Windu und ich müssen noch einiges im Tempel erledigen, aber wir werden bald zurück sein. Obi-Wan kann bei Euch bleiben, wenn Ihr es wünscht."

„Das ist sehr nett, aber ich wäre gern eine Weile allein", gab Lena höflich zurück.

Obi-Wan versuchte, seine Enttäuschung zu verbergen. Doch er nickte. „Natürlich", sagte er.

Während Mace und Qui-Gon zum Tempel aufbrachen, blieb Obi-Wan unschlüssig draußen vor Lenas Tür stehen. Er wollte zwar ihren Wunsch respektieren, wollte aber auch in der Nähe bleiben, falls sie es sich doch noch anders überlegte. Die Tür nebenan war offen und der Raum war leer. Obi-Wan ging hinein und setzte sich in einen bequemen Stuhl. Von hier aus konnte er hören, was in Lenas Zimmer vor sich ging.

Er hatte gerade die Augen geschlossen, als er eine undeutliche, aber irgendwie vertraute Stimme hörte. Es war nicht Lenas Stimme und sie klang nicht freundlich.

„Überrascht, mich zu sehen, liebe Lena?", fragte die Stimme. „Ich dachte es mir. Aber andererseits magst du doch Überraschungen."

Dann gab es ein gedämpftes Geräusch, als würde der Eindringling mit Kleidern hantieren. Obi-Wan hörte, wie Lena stöhnte.

In weniger als einer Sekunde war er draußen im Korridor. Mit der Hand am Lichtschwert drückte er die Kontrollen für die Türöffnung. Doch es geschah nichts. Die Tür war blockiert.

Obi-Wan aktivierte sein Lichtschwert. Er musste ein Loch in die Tür schneiden. Doch als die Klinge das Türblatt berührte, sagte ihm etwas, dass er es nicht tun sollte.

Er konzentrierte sich und schloss die Augen. Er hörte ein leichtes Kratzen an der Tür. Lena war nur ein paar Zentimeter entfernt – auf der anderen Seite des Türblatts. Er konnte nicht hindurchschneiden, ohne Lena zu gefährden.

„Das hätte ich schon vor Jahren tun sollen", fuhr der Eindringling fort. „Vielleicht hätte ich dann meinen Lieblingssohn retten können. Den, den ich am meisten geliebt habe. Den, der mir immer am meisten bedeutet hat."

Es war eine Frauenstimme. Zanita.

„Ich habe versucht, ihn zu retten, ich habe alles versucht. Doch als erst einmal herausgekommen war, dass er die Familie verraten wollte, dass du ihn dazu überredet hattest, gegen sein eigen Fleisch und Blut auszusagen, konnte ich nichts mehr tun. Ja, es war ein großer Verlust für mich. Aber unumgänglich."

Lena schluchzte. „Unumgänglich?", wiederholte sie ungläubig. „Zanita, er war dein Sohn!"

„Ich weiß, Lena. Ich hätte mir sogar gewünscht, dass er eine Tochter gewesen wäre. Jungen und Männer sind nichts anderes als dumme Marionetten. Man muss ihnen immerzu sagen, was sie tun sollen – und dann machen sie es meistens auch noch falsch. Die Lage auf Frego war ein einziges Chaos, bevor ich alles in die Hand genommen habe. Ich habe unsere Kräfte gebündelt und die Regierung dazu gebracht, die Dinge aus unserer Sicht zu sehen. Alles lief wunderbar, bis du gekommen bist. Du hast meinem Rutin das Herz gestohlen, ihn willenlos gemacht und manipuliert."

„Rutin hatte seinen eigenen Willen", sagte Lena ruhig.

Obi-Wan tastete die Wand ab und versuchte, sich an alles zu erinnern, was sich auf der anderen Seite befand. Er hatte schweißnasse Hände und sein Herz klopfte. Er hatte nicht viel Zeit, um zu reagieren – und keine Zeit für Fehler.

Zanita schien ihre Schwiegertochter nicht zu hören. „Und wegen dir werde ich meine beiden anderen Söhne ebenfalls verlieren", sagte sie. „Aber das werde ich nicht zulassen."

Obi-Wan hörte ein ominöses Klicken. Er musste etwas unternehmen – und er hoffte, dass es noch nicht zu spät war. Er hob sein Lichtschwert und rammte die Klinge in die Wand.

„Hättest du gern noch etwas Zeit, um deine Haare zu richten, meine Liebe?", fragte Zanita. „Du könntest Rutin in ein paar Augenblicken begegnen."

Obi-Wan schnitt mit bemerkenswerter Geschwindigkeit durch die Wand – und kam gerade herein, als Lena nur ein paar Meter entfernt zu Boden fiel. Sie schlug mit einem dumpfen Schlag auf und blieb regungslos liegen.

Zanita hielt noch immer den Blaster in der Hand und richtete ihn auf die Brust ihrer Schwiegertochter. Sie schien Obi-Wans Gegenwart nicht einmal wahrzunehmen.

Obi-Wan löste seinen Blick von Lena und ging ein paar Schritte auf Zanita zu. Sie wirbelte herum und zielte mit dem Blaster auf ihn.

„Ah, ein Jedi", sagte sie. „Natürlich."

Sie feuerte ein paar schnelle Schüsse ab. Obi-Wan war erstaunt über die Zielgenauigkeit. Er musste hüpfen und sich ducken, um zwei der Schüssen auszuweichen und gleichzeitig drei mit dem Lichtschwert abzulenken.

Als er vorwärts ging, spürte er, wie einer der Blasterschüsse seine Robe streifte. Er wirbelte herum, sprang in die Luft, landete neben Zanita und ergriff ihren Blaster.

Die alte Frau warf sich nach vorn auf Lenas Körper. Ihre Schultern zuckten heftig und sie schluchzte ein paar Mal. Sie war besiegt und dachte vielleicht an die Zeit, die sie demnächst im Gefängnis verbringen würde.

Obi-Wan deaktivierte sein Lichtschwert und hängte es wieder an seinen Gürtel. An der Stelle, an der der Blasterschuss getroffen hatte, befand sich ein kleines Loch in seiner Robe. Er betastete es vorsichtig, dankbar, dass er nicht verwundet war. Aber Lena ...

Plötzlich hörte er ein Geräusch hinter sich.

„Obi-Wan, pass auf!“, rief jemand. Es war Qui-Gon.

Den Bruchteil einer Sekunde war Obi-Wan nicht sicher, wohin er schauen sollte. Dann sah er das Glitzern einer Waffe in Zanitas Hand. Es war ein Vibro-Dolch.

Noch bevor Obi-Wan sie zum zweiten Mal entwaffnen konnte, hatte Zanita die vibrierende Klinge in ihre Brust gestoßen.

Eine Sekunde später fiel sie tot neben Lena zu Boden.

Kapitel 20

Qui-Gon blickte von der Liege in seiner Unterkunft im Jedi-Tempel auf und sah seinen Padawan im Türrahmen stehen.

„Ich dachte, Ihr wolltet vielleicht mitkommen und Lena besuchen", sagte er.

Obi-Wan scharrte ganz leicht mit dem Fuß und Qui-Gon musste wieder an den Jungen denken, den er vor mehr als vier Jahren als Padawan angenommen hatte. Ungeduldig und starrköpfig, aber auch unsicher. Sie waren seitdem einen langen Weg zusammen gegangen. Doch in diesem Augenblick wurde Qui-Gon klar, dass der junge Jedi noch immer seine Zuwendung und sein Einverständnis suchte. Qui-Gon konnte es ihm nicht verübeln und war sogar dankbar dafür. Obi-Wan würde bald ein selbstständiger Jedi sein und ihn nicht länger brauchen. Doch im Augenblick war er noch ein Junge.

Qui-Gon wusste, dass ihr Verhältnis in letzter Zeit nicht

sonderlich gut gewesen war. Und er spürte einen leisen Anflug von Schuldgefühlen. Er war sich nicht sicher, warum er so große Schwierigkeiten hatte, sich in Gefühlsdingen seinem Padawan anzuvertrauen. Es war einfach schwierig, so wie vieles andere auch.

„Das würde ich gern", sagte Qui-Gon und stand auf. „Wie geht es ihr?"

„Der Schlag auf den Kopf, als sie zu Boden ging, war recht heftig", gab Obi-Wan zurück. „Aber sie erholt sich gut und soll heute noch entlassen werden. Sie hat vor, übermorgen nach Frego zurückzukehren."

Qui-Gon passte sich Obi-Wans Tempo an, als sie den Korridor entlanggingen. „Körperliche Wunden heilen schnell", sagte Qui-Gon leise. „Die emotionalen Wunden brauchen mehr Zeit."

Obi-Wan schwieg, als sie so dahingingen. „Als Tahl starb", sagte Qui-Gon, „war die Wunde so tief und schmerzhaft, dass ich dachte, ich könnte nicht mehr weiterleben. Ich dachte, es würde nicht gehen. Und in all meinem Schmerz wurde ich blind für meine Umgebung – für die, die ebenfalls um Tahl trauerten und sie liebten."

„Ich habe auch um sie getrauert", sagte Obi-Wan. „Aber ich wusste immer, dass mein Schmerz sich mit dem Euren nicht messen konnte. Ich wusste nicht, wie ich Euch helfen sollte. Ich war verzweifelt."

Qui-Gon blieb plötzlich stehen und sah seinen Padawan an. „Ich war verzweifelt, Padawan. Du warst sehr geduldig mit mir. Und ich brauchte deine Geduld. Ich spüre noch immer die Wunde, die ich erlitten habe, als ich Tahl verlor. Ich werde sie für den Rest meines Lebens spüren."

Obi-Wan nickte bedrückt. „Ich weiß", sagte er leise.

Qui-Gon legte die Hand auf Obi-Wans Schulter. „Ich danke dir für deine Bemühungen, mir in meinem Schmerz zu helfen. Ich war lange Zeit nicht bereit, deine Worte zu hören, aber du hattest dennoch Recht, sie auszusprechen. Dank dir habe ich mich selbst wieder gefunden. Ich habe einen Weg gefunden weiterzuleben. Deine Worte … *du* bist mir Trost, Obi-Wan. Danke."

Obi-Wan atmete tief ein und lächelte. „Nichts zu danken", sagte er.

Glossar

Bant Eerin
Jedi-Schülerin und beste Freundin von ➢Obi-Wan im ➢Jedi-Tempel auf ➢Coruscant. Bant ist ein ➢Mon Calamari-Mädchen und war ➢Padawan von ➢Tahl.

Bard Cobral
Mit ➢Solan Cobral einer der beiden noch lebenden Brüder der ➢Cobral-Familie.

Blaster
Die meistgebrauchte Waffe in der ➢Galaxis. Es existieren viele Varianten von Pistolen und Gewehren. Blaster emittieren Strahlen aus Laserenergie.

Clee Rhara
Eine Jedi-Ritterin, die gemeinsam mit ➢Tahl und ➢Qui-Gon im ➢Jedi-Tempel ausgebildet wurde.

Cobral-Familie
Eine kriminelle Familie, die den Planeten ➢Fre-

go auf verbrecherische Weise beherrscht. Sie kontrolliert die Regierung mittels Erpressung und Gewalt.

Comlink
Ein Kommunikationsgerät, mit dem man Gespräche, Bilder und wissenschaftliche Daten übertragen kann.

Coruscant
Planet und offizieller Sitz des ➢Galaktischen Senats sowie des ➢Jedi-Tempels. Coruscant ist eine einzige riesige Stadt; jeder Quadratmeter des Planeten ist bebaut. Coruscant liegt im ➢Galaktischen Kern und markiert die Koordinaten Null-Null-Null im Navigations-Koordinatensystem.

Crote, Senator
Der Senator des Planeten ➢Frego. Er vertritt seinen Heimatplaneten im ➢Galaktischen Senat auf ➢Coruscant.

Datapad
Mobiler Datenspeicher in handlicher Form. Das Datapad ist eine Art Personalcomputer und verfügt über enorme Speicherkapazitäten. Es ist mit einem Monitor und einer Tastatur ausgestattet und kann überall mit hin genommen werden. Datapads werden u. a. als elektronische Notizbücher, Terminplaner, Datensammlungen etc. verwendet.

Degarian II
Ein Diplomatenschiff der Regierung von ➢Frego.

Durabeton
Ein sehr hartes, aber relativ leichtes Baumaterial, das meist im Häuserbau eingesetzt wird.

Durastahl
Ein sehr hartes und ultraleichtes Metall, das höchsten mechanischen Beanspruchungen und Temperaturschwankungen standhält. Es wird sehr oft im Raumschiff- und Häuserbau eingesetzt.

Droiden
Roboter, die für nahezu jede nur vorstellbare Aufgabe in der ➢Galaxis eingesetzt werden. Form und Funktion der Droiden variieren stark.

Frego
Ein Planet mit zwei Monden, der Mitglied der ➢Galaktischen Republik ist, aber seit beinahe zwanzig Jahren von der kriminellen ➢Cobral-Familie beherrscht wird, die die eigentliche Regierung mittels Erpressung und Bestechung kontrolliert.

Galaktische Republik
Die Galaktische Republik setzt sich aus den durch die Gouverneure im ➢Galaktischen Senat repräsentierten Mitgliedsplaneten zusammen.

Galaktischer Kern
Der Galaktische Kern bildet die Region der dicht bevölkerten Welten um den Galaktischen Tiefkern, in dem sich wiederum eine große Menge Antimaterie und ein

schwarzes Loch befinden. ➢Coruscant liegt im Galaktischen Kern.

Galaktischer Senat
Der Galaktische Senat tagt in einem riesigen, amphitheaterähnlichen Gebäude auf ➢Coruscant, wo tausende von Senatoren aus allen Welten der ➢Galaktischen Republik den Sitzungen beiwohnen.

Galaxis
Eine Ballung von Milliarden von Sternen. Galaxien sind in Galaxienhaufen, diese wiederum in so genannten Superhaufen organisiert. Die Entfernungen zwischen den einzelnen Galaxien sind jedoch dermaßen groß, dass sie bislang nicht überwunden werden konnten.

Gleiter
➢Landgleiter

Holobild
➢Hologramm

Holobildschirm
➢Hologramm

Hologramm
Ein bewegtes dreidimensionales Bild, das an einen anderen Ort zum Zweck der interaktiven audiovisuellen Kommunikation übertragen werden kann. Am Empfangsort erscheint das Hologramm als geisterhafte Projektion im Raum. Je nach Ausführung des Holo-Projektors kann das Hologramm in der Größe variieren. Es

gibt auch Bildschirme für Hologramme (Holoschirme) und holografische Festbilder (Holobilder).

Jedi-Meister
Sie sind die ➢Jedi-Ritter, die den höchsten Ausbildungsstand erreicht haben und selbst junge ➢Jedi-Padawane ausbilden.

Jedi-Padawan
Ein junger Jedi-Anwärter, der von einem ➢Jedi-Meister als dessen persönlicher Schüler angenommen wurde. Ein Jedi-Schüler, der bis zu seinem dreizehnten Geburtstag von keinem Jedi-Meister als Padawan angenommen wurde, kann nicht mehr zum ➢Jedi-Ritter ausgebildet werden.

Jedi-Ritter
Die Hüter von Frieden und Gerechtigkeit in der ➢Galaxis. Jedi-Ritter zeichnen sich durch eine besonders gute Beherrschung der ➢Macht aus und haben sich vor Jahrtausenden zu einem Orden zusammengeschlossen.

Jedi-Tempel
Der riesige Jedi-Tempel ist Sitz des ➢Rates der Jedi auf ➢Coruscant. Hier werden auch die jungen Jedi-Schüler ausgebildet.

Jenna Zan Arbor
Eine talentierte Wissenschaftlerin, die sich ursprünglich humanitären Zwecken verschrieben hatte. Im Rahmen eines Experiments, die ➢Macht

messbar zu machen, entführte sie als Versuchsobjekt unter anderem ➢Qui-Gon Jinn.

Jocasta Nu
Eine ➢Jedi-Ritterin, die mittlerweile nur noch Dienst als Archivarin im ➢Jedi-Tempel verrichtet. Jocasta Nu mag auf Fremde den Eindruck einer alten Bibliothekarin machen, sie ist aber auch eine hervorragende Kämpferin.

Juno
Ein Küchendiener der ➢Cobral-Familie.

Kopi
Eine buschartige Pflanze, die überall in der ➢Galaxis verbreitet ist. Aus ihren Blättern lässt sich ein wohlschmeckender Tee kochen.

Landgleiter
Ein ➢Repulsor-getriebenes Fahrzeug zur Fortbewegung über Land. Es gibt allerlei Ausführungen und Größen, die sich im Allgemeinen ca. 0,5–1 m über dem Boden schwebend und recht schnell bewegen können. Kleine Landgleiter werden meist auch Schweber genannt.

Lena Cobral
Die Witwe des ermordeten ➢Rutin Cobral. Lena Cobral hat sich entschlossen, gegen die ➢Cobrals vor dem ➢Galaktischen Senat auszusagen.

Lichtschwert
Die Waffe eines ➢Jedi-

Ritters. Die Klinge besteht aus purer Energie. Jedi-Ritter lernen im Laufe ihrer Ausbildung, diese Schwerter eigenhändig herzustellen. Es gibt verschiedene Versionen mit feststehender Amplitude und Klingenlänge sowie solche, bei denen sich diese Parameter mittels eines Drehschalters verändern lassen. Lichtschwerter werden bisweilen auch als Laserschwerter bezeichnet.

Mace Windu

Mace Windu ist eines der obersten Mitglieder im ➢Rat der Jedi.

Macht

Die Macht ist ein gleichermaßen mystisches wie natürliches Phänomen: ein Energiefeld, das die ➢Galaxis durchdringt und alles miteinander verbindet. Die Macht wird von allen Lebewesen erzeugt. Wie alle Energieformen, kann die Macht manipuliert werden. Vor allem die ➢Jedi-Ritter beherrschen diese Kunst. Ein Jedi-Ritter, der die Macht beherrscht, hat besondere Fähigkeiten: Er kann beispielsweise entfernte Orte sehen oder Gegenstände und die Gedanken anderer bis zu einem gewissen Maß kontrollieren. Die Macht hat zwei Seiten: Die lichte Seite der Macht schenkt Frieden und innere Ruhe; die dunkle Seite der Macht erfüllt mit Furcht, Zorn und Aggression. Wer sich als Jedi diesen negativen Gefühlen allzu leicht hingibt, steht in Gefahr, der dunklen Seite der Macht zu verfallen.

Mica
Die Kusine von ➢Lena Cobral.

Mon Calamari
Amphibische Spezies vom gleichnamigen Planeten mit großen, fischähnlichen Augen, die an Land auf feuchtes Klima angewiesen ist.

Obi-Wan Kenobi
Obi-Wan ist ein sechzehnjähriger Junge, der von ➢Qui-Gon Jinn nach langem Zögern als ➢Jedi-Padawan angenommen wurde und sich schließlich dafür entschied, seine Jedi-Ausbildung aufzugeben und stattdessen auf einem zerstrittenen Planeten für den Frieden zu kämpfen. Am Ende dieses Kampfes bereute er seine Entscheidung und wollte wieder von Qui-Gon als Padawan aufgenommen werden. Nach einer Probezeit, um die er den ➢Rat der Jedi gebeten hatte, nahm ihn Qui-Gon wieder auf. Nachdem auf der letzten Mission der beiden die Jedi-Ritterin ➢Tahl ermordet wurde, der Qui-Gon kurz zuvor seine Liebe gestanden hatte, ist das Verhältnis zwischen Obi-Wan und seinem nachdenklichen und schweigsamen Meister gestört.

Padawan
➢Jedi-Padawan

Qui-Gon Jinn
Qui-Gon ist ein erfahrener ➢Jedi-Meister, der seine Fähigkeiten auf vielen Missionen unter Beweis gestellt hat. Nach langem Zögern hatte er ➢Obi-Wan Kenobi als ➢Jedi-Padawan angenommen. Obi-Wan entschied sich jedoch, den Weg der Jedi wieder zu verlassen. Qui-Gon Jinn hatte den Jungen nach längerem Zögern wieder angenommen. Jüngst erlitt Qui-Gon einen schweren Schicksalsschlag, als die Jedi-Ritterin ➢Tahl auf einer Mission ermordet wurde. Qui-Gon versuchte vergeblich, sie zu retten. Umso tragischer, da sich Tahl und Qui-Gon kurz zuvor noch ihre Liebe gestanden hatten.

Plo Koon
Ein ➢Jedi-Ritter und Mitglied im ➢Rat der Jedi.

Rat der Jedi
Ein Gremium aus zwölf ➢Jedi-Meistern, die sich um die Angelegenheiten der ➢Galaxis kümmern und als Hüter von Frieden und Gerechtigkeit auftreten.

Repulsor
Antriebssystem für Boden- und Raumfahrzeuge, das ein Kraftfeld erzeugt. Der hierbei entstehende Antischwerkraftschub ermöglicht die Fortbewegung von Boden-, Luftgleitern und Düsenschlitten. Sternjäger und Raumschiffe nutzen Repulsoren als zusätzliches Schubkraftsystem, etwa

beim Flug in der Atmosphäre.

Rian
Die Hauptstadt des Planeten ➢Frego.

Röhrenpark
Ein riesiger künstlicher Park, der sich in einer mehrere Kilometer langen, begehbaren Rohrkonstruktion aus ➢Stahlglas durch ➢Rian, die Hauptstadt des Planeten ➢Frego, windet.

Rutin Cobral
Einer der drei Söhne der ➢Cobral-Familie. Rutin Cobral wurde jüngst von Unbekannten ermordet. Er hinterließ seine Frau, ➢Lena Cobral.

Saal der Tausend Quellen
Ein riesiger Raum im ➢Jedi-Tempel, der voller Brunnen und Quellen ist und in den man sich zurückziehen kann, um Ruhe zu finden.

Solan Cobral
Mit ➢Bard Cobral einer der beiden noch lebenden Brüder der ➢Cobral-Familie.

Stahlglas
Transparenter Stahl, der überall verwendet wird, wo stabile Sichtfenster benötigt werden – sowohl innerhalb einer Atmosphäre als auch im freien Raum. Seine Eigenschaften in Bezug auf Stabilität und Temperaturverhalten sind hervorragend.

Strahlbohrer
Ein Bohrer, mit dem mittels eines Plasmastrahls Löcher in feste Materie gebohrt wird. Strahlbohrer gibt es in verschiedenen Größen.

Tahl
Eine ➢Jedi-Ritterin und alte Freundin von ➢Qui-Gon Jinn, die für ihre diplomatischen Fähigkeiten bekannt war. Bei Kämpfen wurde sie so schwer verwundet, dass sie ihr Augenlicht verlor. Tahl wurde kürzlich auf einer Mission getötet. Kurz zuvor hatten sie und Qui-Gon sich noch ihre Liebe gestanden.

Valorum, Kanzler
Der Kanzler der ➢Galaktischen Republik.

Vibro-Waffen
Handwaffen, die es in vielen Varianten (Vibro-Axt, Vibro-Dolch, Vibro-Messer, Vibro-Schwert) gibt. Ein Ultraschall-Generator im Griff erzeugt Schwingungen, die die Schnittkraft der Klinge steigern. Die geringste Berührung kann gefährliche Verletzungen hervorrufen.

Yoda
Ein über 800 Jahre altes Mitglied des ➢Rates der Jedi. Yoda kommt vom Planeten Dagobah, ist nur 70 cm groß, hat Schlitzohren und gilt als besonders weise.

Zanita Cobral
Die Mutter der drei Cobral-Söhne ➢Bard, ➢Rutin und ➢Solan.

Demnächst bei Dino

STAR WARS

JEDI QUEST

BY JUDE WATSON

Die Geschichte von Anakin Skywalker
zwischen Episode I und Episode II
Band 1 und 2 ab September 2002 im Handel
Leseprobe

Visionen und Stimmen. Schatten und Echos. Warum sollte das so schwer sein?

Anakin ging zuversichtlich in die Tiefen der Höhle hinein. Jedi-Ritter erschienen und verschwanden wieder. Stimmen murmelten, er solle wieder gehen; sie sagten ihm, dass er sicherlich nicht sehen wolle, was er sehen würde; dass er trotz seiner Verbindung zur Macht niemals ein richtiger Jedi werden würde.

Anakin ignorierte die Stimmen. Er kannte den Unterschied zwischen Dingen, die er bekämpfen konnte und solchen, bei denen das nicht möglich war. Warum sollte er vor Schatten Angst haben?

Doch dann blieb er wie angewurzelt stehen. Er sah sich selbst.

Er war sieben oder acht Jahre alt und trug die grobe Kleidung eines Sklaven. Er saß in der Ecke an der Höhlenwand und spielte mit etwas herum, das nicht zu sehen war. Anakin hörte den Klang einer Glocke. Ein sanftes Geräusch, leise und angenehm.

Die Glocke rollte plötzlich direkt auf ihn zu. Er zuckte zusammen und bremste sie mit den Füßen ab. Aus der Öffnung der Glocke quoll Blut und ergoss sich über seine Stiefel.

Das ist kein Blut, sagte er sich. Er hörte, wie sein rasend schneller Herzschlag in seinen Ohren pochte. *Schatten und Echos. Und sonst nichts.*

Er war erleichtert, als die Vision seiner selbst wieder verschwand. Einen Augenblick später erschien eine Frau aus der Dunkelheit. Ihre Haare waren schulterlang. Shmi.

„Mutter. Mom ..."

Sie hörte und sah ihn nicht. Sie lief geradewegs an ihm vorbei. Ein paar Haarsträhnen fielen ihr ins Gesicht. Es glänzte vor Schweiß. Angstschweiß. Er konnte ihre Furcht spüren, spürte wie der Luftzug durch seine Haare strich.

Er drehte sich um, doch sie verschwand. Dann blickte

er nach vorne und sie war wieder da. Sie lief erneut mit angstverzerrtem Gesicht auf ihn zu.

Das konnte er nicht ertragen. Anakin presste die Augen zu. Als er sie wieder öffnete, war eine Gestalt bei Shmi. Ein großer Mann, eher Tier als Mensch. Anakin konnte sein Gesicht nicht sehen, da es im Schatten lag. Er packte Shmi hart an und schleuderte sie wie Müll zu Boden.

„Nein!" Zorn durchfuhr Anakin und er lief los. Doch er schien gegen eine unsichtbare Wand zu laufen und prallte zurück. Die schattenhafte Gestalt erhob die Hand gegen Shmi. Sie duckte sich, um den Schlag abzufangen. Sie hatte die Knie angezogen und den Kopf gesenkt. Etwas an dieser Körperhaltung kam Anakin so bekannt vor, dass ihn plötzlich furchtbare Verzweiflung überfiel.

„Nein!", schrie Anakin.

Jetzt sah Shmi ihn zum ersten Mal direkt an. Er sah ihre Angst und ihre Verzweiflung. Auch das kam ihm bekannt vor, so als wäre es eher eine Erinnerung als eine Vision. Aber hatte er seine Mutter jemals verängstigt gesehen? Nicht, dass er sich erinnern konnte.

Er wollte sich in ihren Armen verkriechen, ihre Stärke spüren, doch er konnte es nicht. Er konnte die Angst nicht verscheuchen, die ihr Gesicht verzerrte. Sah er etwas, das tatsächlich passiert war? Oder sah er die Zukunft? Bei diesem Gedanken wurde Anakins Angst nur noch größer.

Anakin empfand die Angst wie etwas Lebendiges, wie ein Wesen, das sich in seinem Körper ausbreitete und ihn zu ersticken drohte. Er kämpfte dagegen an. Angst würde ihn nur schwächen. Nein, er würde die Angst in Stärke umwandeln. Er würde sie verändern und in eine Waffe verwandeln. Eine Waffe des Zorns. Mit Zorn konnte er etwas erreichen.

Obi-Wan hatte ihm gesagt, dass er Angst akzeptieren sollte. Doch das konnte er nicht. Wenn er sie einatmete, würde sie seine Lungen füllen und ihn ersticken. Aber Zorn konnte er lenken.

„Ich werde dich töten!", schrie er der dunklen Gestalt zu.

Die Schattenfigur lachte.

„Ja, das werde ich!" Anakin rannte auf den Schatten zu, konnte ihn aber nicht erreichen. Die Vision löste sich in lauter kleine Lichtpartikel auf.

Mit einem letzten verzweifelten Blick verschwand auch Shmi.

Anakin schlug frustriert mit der Hand gegen die Höhlenwand. Blut rann aus kleinen Schnitten in seiner Haut.

Du kannst sie nicht retten, sagte eine Stimme. *Ganz gleich wie oft du dir einredest, dass du es kannst. Es ist nur ein Traum. Sie durchlebt den Albtraum.*

„Aufhören", flehte er. „Aufhören."

So als hätte die Höhle ihn verstanden, hörte alles auf.

Die Höhlenwand war wieder glatt. Was wie Blut ausgesehen hatte, war jetzt nur noch ein feuchter Fleck. Die Dunkelheit senkte sich wie ein schweres Leintuch über ihn.

Anakin ging zitternd ein paar Schritte nach vorn. Er spürte, wie an seiner Stirn und an seinen Wangen Schweiß herablief. Vor ihm sah er ein blasses Leuchten auf dem Höhlenboden.

„Die Kristalle", sagte eine Stimme.

Er drehte sich um. Es war Obi-Wan. Sein Meister lächelte ihn an. „Es ist an der Zeit."

Anakin ging schneller. Er beugte sich vor, um den Höhlenboden zu untersuchen. Die Kristalle wuchsen in wunderschönen Formationen. Sogar in der dunklen Höhle leuchteten sie. Er ließ seine Hand über sie hinweg gleiten, ohne sie zu berühren. Er spürte, wie Vibrationen von ihnen ausgingen. Langsam wählte er die drei aus, die zu ihm zu sprechen schienen. Zu seiner Überraschung ließen sie sich leicht abbrechen. Er tat sie in den Beutel, der an seinem Gürtel hing.

„Bevor du anfängst, musst du meditieren", sagte Obi-Wan. „Versetze dich in Trance, Anakin. Reinige deine Gedanken. Dann werden deine Gefühle dich richtig leiten."

Anakin setzte sich auf den Boden der Höhle. Er leerte den Inhalt seines Beutels in seinem Schoß. Er hielt die drei Kristalle in der Hand. Sie fühlten sich seltsam warm an.

Es fiel ihm nicht schwer, nach der Macht zu greifen – auch hier nicht. Er spürte, wie sie aus der Erde und aus den Felsen um ihn herum aufstieg – und vor allem aus den Kristallen. Das Gefühl der Sicherheit beruhigte ihn.

„Und jetzt fang an", sagte Obi-Wan leise.

Sein Meister lächelte ihn sanft und aufmunternd an. Doch einen Augenblick später veränderte sich Obi-Wans Gesicht. Seltsame Farbstreifen begannen, seine Züge zu bedecken. Hörner wuchsen aus seinem kahlen Schädel. Das Lächeln wurde zu einer Grimasse und Anakin sah Dunkelheit und Böses.

Es war Qui-Gons Mörder. Obi-Wan hatte ihn bis ins letzte Detail beschrieben.

Anakin sprang auf und ließ die Kristalle fallen.

„Habe ich dich erschreckt?", fragte der Sith-Lord. Er begann, um Anakin herumzugehen. „Vielleicht solltest du deine Jedi-Reflexe trainieren. Du bist beinahe so tollpatschig wie Qui-Gon."

Wut stieg in Anakin hoch. Qui-Gon hatte so viel riskiert, um Anakin von Tatooine zu befreien. Er war es gewesen, der erkannt hatte, dass Anakin ein Jedi-Ritter werden konnte. Anakin verdankte ihm alles. Er griff nach seinem Trainings-Lichtschwert, doch es flog sofort aus seiner Hand.

Der Sith lachte. „Ein Kinderspielzeug. Versuch es einmal hiermit." Er warf Anakin etwas zu. Es war ein fertiges Lichtschwert, wunderbar ausbalanciert und mit einem schlichten Griff ausgestattet. Es war genau die Art von Lichtschwert, die Anakin für sich hergestellt hätte.

Er aktivierte es und eine rot leuchtende Laserklinge erschien.

„Weshalb fürchtest du deinen Zorn?", fragte der Sith-Lord. Er aktivierte sein eigenes Doppel-Lichtschwert mit einer lässigen Geste. „Weshalb fürchtest du deinen Hass? Ich kann ihn spüren. Du hasst mich. Das ist nur natürlich." Er bleckte die Zähne. „Immerhin habe ich deinen Freund wie ein Tier zerlegt."

Mit einem Schrei, der tief aus seinem Innern kam, warf sich Anakin auf den Sith-Lord. Die Lichtschwerter trafen aufeinander. Ihre Gesichter waren dicht beieinander. Er konnte den stinkenden, metallischen Atem des Sith riechen.

„Verstehst du jetzt?", schnurrte Anakins Gegner. „Siehst du jetzt, was du mit Zorn alles erreichen kannst? Er gibt dir Macht. Du kannst ihn wie eine Waffe benutzen. Und noch vor ein paar Augenblicken hast du genau das gedacht. Du willst deine Angst in eine Waffe verwandeln. Warum leugnest du es?"

„Nein", sagte Anakin und drang mit seinem Lichtschwert wieder auf den Sith ein. „Ich werde lernen, meinen Zorn loszulassen. Ich bin ein Jedi."

„Du bist ein Narr“, zischte Qui-Gons Mörder. „Es gibt noch andere Wege, Macht zu erlangen.“

„Ich strebe nicht nach Macht“, sagte Anakin, als sein Lichtschwert wieder gegen das des Sith stieß. Er musste den Griff seines Schwertes mit beiden Händen festhalten, so stark war der Hieb.

„Dann lügst du“, sagte der dunkle Lord und ging einen Schritt zurück. „Wie willst du deine arme, weinende Mutter retten, die du zurückgelassen hast, wenn du keine Macht besitzt?“

Wieder wurde Anakin von Hass erfüllt. Er wirbelte herum, ließ sein Lichtschwert kreisen und spannte seine Muskeln an. Doch der Hieb ging durch seinen Feind hindurch.

Der Sith lachte. „Weißt du es nicht mehr, Junge? Ich bin nur eine Vision. Deine Vision. Ich bin der Meister, den du insgeheim haben willst. Ich bin derjenige, der dir das geben kann, was du dir so sehnlichst wünschst.“

„Nein!“, rief Anakin. Er machte einen Satz nach vorn. Wieder und wieder versuchte er, einen Hieb zu landen. Er versuchte es mit jeder Taktik, die er gelernt hatte. Das Lichtschwert des Sith wirbelte im Kreis und lenkte Anakins Hiebe ab.

Mit einer atemberaubenden Drehung schlug der Sith Anakin das Lichtschwert aus der Hand. Es wirbelte durch die Luft und zerfiel dann in Stücke. Dann streckte der

Sith die Hand aus. Anakin spürte, wie die Wellen der Macht auf seinen Körper eindrangen. Er flog durch die Luft und knallte gegen die Höhlenwand. Sein Kopf schlug auf dem harten Stein auf und er rutschte nach unten. Als er wieder einen klaren Gedanken fassen konnte, fand er sich auf dem Boden sitzend wieder. Die Bruchstücke seines Lichtschwerts lagen in seinem Schoß.

„Die Dunkle Seite kann dir geben, was du am meisten begehrst", sagte der Sith-Lord und beugte sich über ihn. Anakin fühlte dessen heißen Atem an seiner Wange. Wie konnte eine Vision atmen?

„Gib es zu", sagte Qui-Gons Mörder. Er erhob sein Lichtschwert zum tödlichen Hieb.

Anakin sammelte seine letzten Widerstandskräfte in sich zusammen. Er starrte seinen Feind eindringlich an. „Ich habe dich geschaffen und ich kann dich wieder verschwinden lassen."

Der Sith, der noch immer das pulsierende Lichtschwert über Anakins Kopf hielt, lächelte ihn an. „Aber ich werde wiederkehren. Ich lebe in dir."

Er verschwand und ließ nichts als Dunkelheit zurück. Anakin sah nach unten. In seinem Schoß lag ein fertiges Lichtschwert. Es war genau das Lichtschwert, das ihm der Sith zugeworfen hatte. War es echt? Er hob es auf und berührte es mit der Hand. Er hielt es fest, es schien echt zu sein. Überdies passte es genau in seine Hände. Er aktivierte es und war überrascht, als eine blau leuchtende Klinge erschien.

Anakin stand auf und drückte die Knie durch, damit seine Beine nicht zitterten. Als er sicher war, dass er wieder Kontrolle über sich erlangt hatte, hastete er zum Eingang der Höhle zurück.

Obi-Wan saß dort im Schneidersitz und wartete meditierend auf ihn. Er stand überrascht auf, als er Anakin sah.

„Seid Ihr es wirklich?", fragte Anakin.

„Ja, ich bin es." Obi-Wan packte Anakins Arm. „Siehst du?"

Dann bemerkte Obi-Wan das Lichtschwert. Anakin hatte es deaktiviert, hielt es aber locker an seiner Seite. „Was ist das?" Er streckte die Hand aus und Anakin gab ihm das Schwert. Obi-Wan sah Anakin ungläubig an. „Das hast du gemacht?"

„So ... so muss es wohl gewesen sein", sagte Anakin. Er wollte Obi-Wan nicht von seiner Vision des Sith erzählen. „Ihr seid mir erschienen. Ihr sagtet mir, ich sollte mich in Trance versetzen. Ich habe die Macht sehr stark verspürt."

Obi-Wan gab Anakin das Lichtschwert zurück. „Das ist ein gutes Zeichen, Padawan. Du lässt dich von deinen Gefühlen leiten. Sei dir darüber bewusst, was du erreicht hast. Wenn du zulässt, dass deine Instinkte dich leiten, dann werden sie dich nicht in die Irre führen. Erinnerst du dich noch daran, wie du während des Kampfes um Naboo das Droiden-Kontrollschiff zerstört hast? Die Macht wird immer mit dir sein."

Anakin nickte. Der Stolz und die Freude in Obi-Wans Stimme beruhigten ihn. Jeder Jedi musste Prüfungen bestehen, um ein Lichtschwert zu erschaffen. Er hatte eine schreckliche Vision durchlebt. Er hatte gewonnen. Er wollte nicht an die Worte denken, die der Sith-Lord gesagt hatte.

Obi-Wans Comlink piepte. Er beantwortete den Ruf und hörte sich aufmerksam die Antwort an. Dann unterbrach er die Kommunikation und wandte sich an Anakin.

„Wir werden wieder im Tempel erwartet", sagte er. „Der Rat hat eine Mission für uns."

Eine Mission! Der Gedanke daran verdrängte die furchtbaren Visionen. Anakin sprang auf. Er hängte sein neues Lichtschwert an den Gürtel. Endlich konnte er seinem Meister ein vollwertiger Partner sein. Er wollte nicht mehr an seinen beunruhigenden Trance-Zustand denken. Nicht mehr an die seltsame Art, auf die das Lichtschwert hergestellt worden war. Das war jetzt nicht wichtig. Dieses Lichtschwert hatte ihn zum Jedi gemacht.

STAR WARS EPISODE II
ANGRIFF DER KLONKRIEGER
Patricia C. Wrede
STAR WARS EPISODE II
OFFIZIELLE BÜCHER UND COMICS
Der Jugendroman
ISBN 3-89748-563-X
THE ART OF STAR WARS
ANGRIFF DER KLONKRIEGER
MARK COTTA VAZ
MIT DEM ORIGINAL-DREHBUCH VON GEORGE LUCAS UND JONATHAN HALES
STAR WARS
ANGRIFF DER KLONKRIEGER
Der Comicsammelband
ISBN 3-89748-559-1
Das Artbook
ISBN 3-89748-562-1
AB JETZT ERHÄLTLICH!
www.dinocomics.de
LUCAS BOOKS
Dino entertainment

STAR WARS™
DIE COMICSERIE
LUCAS BOOKS
MIT GROSSEM MAGAZINTEIL
UND GEWINNSPIEL AM KIOSK
SONDERBÄNDE IM BUCHHANDEL
Dino entertainment
© 2001 Lucasfilm Ltd. & ™. All rights reserved. Used under authorization.
www.dinocomics.de